Rick Vilain Michael sucht Zweisamkeit

Rick Vilain ist das Pseudonym eines Mannes, der mit dem Schreiben von Gay-Erotik seine Wünsche, Träume und Erfahrungen verbindet. Heraus kommen anregende Reisen in die Welt der erotischen Sinnlichkeit, wie sie nur zwischen Männern entstehen können.

Rick Vilain

Michael sucht Zweisamkeit

Eine Gay-Romance

© 2024 Rick Vilain

Verlag: BoD · Books on Demand GmbH,

In de Tarpen 42, 22848 Norderstedt, bod@bod.de

Druck: Libri Plureos GmbH, Friedensallee 273,

22763 Hamburg

Printed in Germany

ISBN: 978-3-7693-2434-1

Inhaltsverzeichnis

Die Suche nach Liebe

Wohin ich auch blickte –überall waren Liebespaare zu sehen! Egal, ob auf der Straße, im Supermarkt, bei Volksfesten oder im Fernsehen – es gab kein Entkommen vor den Musterbeispielen glücklicher Menschen in einer Paarbeziehung.

Nun lehnte ich die Liebe nicht ab, ganz im Gegenteil – ich suchte sie! Aber im Gegensatz zu den meisten anderen Menschen hatte ich nicht nur das Problem, eine zu mir passende Person zu finden, sondern auch, dass es ein Mann sein musste! Ja, ich bin homosexuell, und das hat meine Partnersuche alles andere als einfach gemacht. Ein Hetero-Mann konnte schließlich jederzeit einer Frau Komplimente machen in der Hoffnung, sie verführen zu können – sollte sie kein Interesse haben, sagte sie es ihm einfach und das war es dann. Umgekehrt klappte das auch: Eine Frau konnte jederzeit mit einen Mann schäkern, ohne deshalb schief angesehen zu werden. Wenn ich jedoch als Mann mit einem anderen Mann flirten wollte, musste ich mir hinsichtlich seiner sexuellen Neigung schon sehr sicher sein. Sollte er nämlich nicht auf Männer stehen, könnte es für mich rasch Prügel setzen!

Offensichtlich mochten es Männer sehr gerne, wenn Frauen mit ihnen turtelten, aber auf entsprechende Versuche eines Mannes reagierten sie zumindest sehr grob, und nicht selten wurden sie handgreiflich! Ich kannte mehrere Berichte über solche Ereignisse, was mich sehr vorsichtig agieren ließ. Die Suche nach einem Partner sollte schließlich nicht ungesund werden - aber wie konnte man seinen Traummann finden, ohne ihn anzusprechen?

Hinzu kam, dass ich nicht geoutet war. Das hatte ich mit Rücksicht auf meine Eltern nicht gemacht – sie hätten es nicht verstanden und sich vor ihren Nachbarn und Freunden geschämt. Zudem war ich nicht sicher, wie meine Kollegen reagieren würden, und so ging ich sicherheitshalber vom Schlimmsten aus. Vielleicht, so redete ich mir ein, wäre es etwas anderes, wenn ich meinen Eltern und meinem gesamten Umfeld einen Partner präsentieren könnte. Wenn sie sahen, dass ich glücklich war, würden sie es vielleicht akzeptieren können – aber sicher war ich mir nicht.

Da ich das Alleinsein satt hatte, suchte ich nach weniger gefährlichen Möglichkeiten, meinen Traummann zu finden. Die einfachste Lösung war in meinen Augen das Aufsetzen und Beantworten von Kontaktanzeigen. Immerhin bot das Internet hierfür die Möglichkeit, zunächst im Schutze eines Pseudonyms suchen zu können.

Also schaltete ich eines Tages den Computer ein und suchte nach Datingseiten für Männer. Es gab sehr viele davon, was mich einerseits überraschte, aber andererseits auch ungemein freute. Kurzentschlossen meldete ich mich auf mehreren Portalen an und betrachtete die Inserate etwas näher.

Sehr schnell musste ich erkennen, dass viele Männer auf dieser Seite nur eine schnelle Nummer suchten. Binnen weniger Stunden nach meiner Anmeldung hatte ich drei Dutzend Anfragen von interessanten Männern. Leider wollten sie sich mit mir zum Sex in einer öffentlichen Toilette, auf einem Parkplatz oder in einer Sauna treffen – alles recht unromantische Orte, vor allem beim ersten Date! Aber von einem normalen Kennenlernen wollte von denen ohnehin keiner etwas wissen. In mir keimte der Verdacht auf, dass sie ‚Frischfleisch‘ suchten – mich, den Neuen auf dem Portal, wollten sie ganz offensichtlich einfach nur vernaschen, mehr nicht. Mir war aber nicht nach One-Night-Stands zumute, denn ich

suchte etwas Festes, eben eine richtige Liebesbeziehung. Wahrscheinlich war ich ein unverbes-
serlicher Romantiker!

Auch wenn die ersten Anfragen recht entmuti-
gend waren, gab ich nicht auf! Im Gegenteil, die
Erlebnisse spornten mich an: Bei zehntausenden
von Profilen konnten doch unmöglich alle nur auf
schnellen Sex aus sein! Es galt also, die Spreu
vom Weizen zu trennen und diejenigen zu finden,
die wie ich eine richtige Liebesbeziehung wollten.

Schließlich wurde mein Durchhaltevermögen
belohnt! Ich stieß auf das Profil von Jürgen und
war sofort von ihm verzaubert! Laut seinem Profil
war er zweiundzwanzig Jahre alt und damit zwei
Jahre älter als ich – das passte also ganz genau!
Außerdem sah er einfach hinreißend aus, vor
allem sein verträumter Blick ließ auf viel Tiefe
schließen. Als ich dann noch sah, dass er in einer
meiner Nachbarstädte wohnte, konnte ich nicht
anders und schrieb einen Liebesbrief an sein
Profil.

Danach wartete ich mit wild klopfendem Herzen
auf seine Antwort. Die ließ auf sich warten, aber
wahrscheinlich begutachtete er zunächst mein
Profil, das ich vollkommen wahrheitsgemäß aus-
gefüllt hatte. Natürlich war mir bekannt, dass auf

Datingseiten viel gelogen wird, aber ich suchte eine Beziehung und war absolut ehrlich – wenn sich eine feste Beziehung ergeben sollte, durfte sie nicht auf Lügen aufgebaut sein. Ich hoffte nur, dass Jürgen das auch so sah und bei seinem Profil gehandhabt hatte.

Langsam verging die Zeit, Stunde um Stunde zog vorüber, ohne dass ich eine Antwort erhielt.

Gerade, als ich den Computer ausschalten und ins Bett gehen wollte, erschien mit einem ‚Pling!' eine Nachricht von Jürgen auf dem Bildschirm. Sofort schlug mein Herz bis zum Hals und mit zitternden Fingern öffnete ich die Nachricht. Was wäre, wenn er kein Interesse hätte? Möglich war das ja, auch wenn unsere Hobbys und sonstigen Interessen optimal übereinstimmten.

Endlich erschien seine Nachricht: „Hallo Michael! Ganz lieben Dank für Deine Anfrage! Natürlich habe ich mir gleich dein Profil angesehen und finde, dass wir gut zueinander passen würden. Was hältst du von einem Treffen zum gegenseitigen Kennenlernen?"

Beim Lesen des Textes fuhren meine Gefühle Achterbahn! Aber ehe ich mich versah, tippte ich bereits die Antwort ein: „Das wäre wunderbar! Wann und wo?" Das erschien mir dann aber doch etwas aufdringlich zu sein, zudem konnte man es schnell als Angebot zum Sex missverstehen. Also änderte ich den zweiten Satz ab: „Ich würde dich auch zu gerne persönlich kennenlernen. Wann können wir uns denn treffen?"

Wieder begann das Warten, aber dieses Mal dauerte es nur ein paar Minuten: „Wie wäre es mit morgen im Park? Sagen wir 16 Uhr? Dann dürften nicht so viele Spaziergänger unterwegs sein und wir können uns ungestört unterhalten."

Ich rieb meine vor Aufregung verschwitzten Hände an der Hose trocken, bevor ich antwortete: „Sehr gerne! Treffen wir uns am Eingang neben dem Parkplatz?"

„Ja, das klingt gut. Ich werde ein schwarzes Hemd tragen, daran kannst du mich erkennen. Ich bezweifle, dass dort mehrere Personen aufeinander warten, aber trotzdem: Woher weiß ich, dass du es bist?"

Hm, das war eine gute Frage, über die ich mir noch keine Gedanken gemacht hatte. Das holte ich jetzt nach, aber es brauchte eine Weile.

„He, Michael, bist du schon eingeschlafen oder hast du etwa kalte Füße bekommen?"

Diese Nachricht riss mich aus meinen Gedanken, und sofort erwiderte ich: „Nein, keine Sorge, ich bin hellwach! Ich weiß nur nicht, was ich als Erkennungszeichen anziehen soll."

„Dann halte einfach eine Zeitung in deinen Händen."

„Ja, okay, das ist gut!"

„Prima, dann also bis morgen! Und jetzt: Schlaf gut!"

„Danke, schlaf du ebenfalls gut!"

Damit war unsere erste Konversation beendet. Ich war davon so aufgekratzt, dass meine Müdigkeit trotz der fortgeschrittenen Stunde wie weggeblasen war. Dennoch zwang ich mich, ins Bett zu gehen, aber an Schlaf war nicht zu denken, Meine Gedanken kreisten immerzu um Jürgen, sein Profilbild, seine Beschreibung und unserem morgigen Treffen. Hoffentlich würde ich endlich meinem Traummann begegnen!

Der erste Versuch

Vor Aufregung wegen meines ersten Dates bekam ich die halbe Nacht kein Auge zu. Ich wälzte mich hin und her, aber alle Einschlafversuche waren vergeblich. Erst gegen Morgen übermannte mich endlich der Schlaf, aber er hielt nicht lange an.

Pünktlich zur gewohnten Zeit legte der Wecker los und riss mich für meinen Geschmack viel zu früh aus dem gerade gefundenen Schlaf. Vollkommen übermüdet schleppte ich mich ins Bad und duschte. Dann zog ich mich an und fuhr zur Arbeit.

Im Büro angekommen waren schon ein paar Leute anwesend.

„Guten Morgen Michael - du meine Güte, siehst du aber schlecht aus!", empfing mich Kollegin Sabine, „Hast du die Nacht durchgefeiert?"

„Nein, ich habe nur irgendwie Schlafstörungen."

„Das liegt bestimmt am Wetter", plapperte die Kollegin munter weiter. Ich hörte nur noch halbherzig zu und nickte hin und wieder. Wie konnte man nur am frühen Morgen so munter, geradezu aufgedreht sein? Gut, eigentlich war sie immer so, aber heute ging sie mir damit auf die Nerven.

Nach und nach trafen die übrigen Mitarbeiter ein. Seitens der weiblichen Kollegen gab es noch ein paar Bemerkungen in meine Richtung, aber sie spürten ganz offensichtlich, dass ich nicht zum Scherzen aufgelegt war.

Meine beiden männlichen Kollegen, Rainer und Sven, besaßen dieses Taktgefühl nicht. Rainer hieb mir kräftig auf die Schulter und grinste: „Na, Kollege, gestern auf Sauftour gewesen?"

„Nein", murmelte ich, „so etwas mache ich nicht."

„Dann hast du also eine Frau flachgelegt? Erzähl mal: Wer war es und wie war sie im Bett?"

„Ich habe mich mit keiner Frau getroffen", gab ich etwas genervt zurück. Warum verstand er nicht, dass ich meine Ruhe haben wollte? Lag das vielleicht daran, dass ich noch nicht so lange in der Firma war? Nach der Schulzeit, die wegen einer Ehrenrunde etwas verlängert war, hatte ich eine Ausbildung zum Bürokaufmann absolviert. Mein Chef war mit mir zufrieden, und so wurde ich nach der Abschlussprüfung übernommen.

Mein Beruf brachte es mit sich, dass er von vielen Frauen ausgeübt wurde. So fand ich mich mit Rainer und Sven unter acht Frauen wieder. Die beiden waren immer gut drauf und sehr nett, aber eben typische Heteromänner, die ständig um die Frauen herumscharwenzelten. Manchmal waren ihre Flirts geradezu peinlich, aber keine der Frauen beschwerte sich. Offensichtlich genossen sie die Sprüche der beiden, ohne wirklich Interesse an einer Beziehung mit ihnen zu haben. Vielleicht amüsierten sie sich aber auch nur über die beiden.

Entsprechend der Geschlechterverteilung waren die Gesprächsthemen: Während es bei meinen beiden Kollegen hauptsächlich um Fußball, Frauen und mit etwas Abstand um Autos und Grilltechniken ging, drehten sich die Themen der Kolleginnen um Mode, Fernsehserien sowie Klatsch und Tratsch in der Firma. Besonders begehrt waren Gerüchte über tatsächliche oder angeblich geheime Beziehungen. Ganz besonders letztere standen sehr hoch im Kurs, weshalb ich stets bemüht war, nicht zum Gegenstand eines solchen Geredes zu werden. Deshalb war mir die spaßig gemeinte, aber lautstark geäußerte Vermutung von Rainer sehr peinlich. Ich muss sogar Rot geworden sein, denn Sven meinte sofort: „Das muss dir nicht peinlich sein! Ganz im Gegenteil: Es wurde höchste Zeit, dass du mal eine Frau gevögelt hast!"

Während ich fieberhaft nach einem Loch zum Versinken suchte, war aus dem Hintergrund unterdrücktes Glucksen zu hören. Die Machotour der beiden kam bei der weiblichen Belegschaft wirklich gut an – oder sie freuten sich, weil es nun mich erwischt hatte. Ich wusste ja, dass man über mich tuschelte. Die Vermutung ging dahin, dass ich eine verbotene Liebschaft mit einer verheirateten Frau hätte – das war zwar völliger Unsinn, aber die Kolleginnen hatten sich ‚so ihre Gedanken gemacht', und das war das Ergebnis davon. Seither wollte jede von ihnen die geheimnisvolle Frau entlarven und mich dazu bringen, etwas über sie preiszugeben. Höflich, aber bestimmt wehrte ich ihr Ansinnen ab.

Irgendwann ließen sie mich weitestgehend in Ruhe. Natürlich kam immer mal wieder ein kleiner Seitenhieb, aber gerade Rainer und Sven, die selber oft genug völlig übernächtigt zur Arbeit kamen, hatten am Anfang ihrem Image entsprechend einen Schwall an Sprüchen über mir ausgeschüttet, bevor auch sie Ruhe gaben. Aber mein heutiges Erscheinungsbild befeuerte natürlich wieder die Gerüchteküche.

An diesem Tag starrte ich immer wieder verstohlen auf die Uhr. Die Zeiger rückten nur sehr,

sehr langsam voran. Die Kollegen schoben mein Verhalten auf meinen Zustand und dachten, dass ich den Feierabend herbeisehnte, um mich auszuschlafen. Tatsächlich fieberte ich jedoch dem Treffen mit Jürgen entgegen, aber die verdammten Uhrzeiger schienen sich einfach nicht zu bewegen!

Natürlich taten sie es doch, und endlich war es 15:30 Uhr – gemäß der Gleitzeitregelung durfte man jetzt gehen. Kaum waren die Zeiger in der entsprechenden Stellung, erhob ich mich und verabschiedete mich mit einem eher flüchtig hingeworfenen „Tschüs allerseits!". Bevor jemand etwas sagen konnte, war ich auch schon zur Tür hinaus. Rainer rief mir noch ein „Viel Spaß alleine im Bett!" hinterher, aber darauf reagierte ich überhaupt nicht.

Am liebsten wäre ich tatsächlich zum Schlafen nach Hause gefahren, aber dazu blieb keine Zeit. Stattdessen duschte ich und bereitete mich gründlich vor. Auch wenn es bei diesem ersten Treffen sicher nicht zum Sex kommen würde, wollte ich einen sehr guten Eindruck machen. Leider hatte ich bei der Verabredung nicht an die Arbeit gedacht – jetzt ärgerte ich mich, keine spätere Zeit vorgeschlagen zu haben. Aber nun war es für eine Planänderung zu spät, zudem hätte ich es ohnehin keine Minute länger ausgehalten!

Auf dem Weg zum Treffpunkt kaufte ich rasch eine Zeitung. Ich war zehn Minuten zu früh dran und kam mir komisch vor, wie ich da am Parkeingang herumstand. Wenn Leute kamen, schaute ich demonstrativ auf mein Mobiltelefon, um ihnen ein Telefonat vorzugaukeln. Tatsächlich schaute ich aber nur auf die Uhr.

Meine Nervosität hatte mich fest im Griff! Dies war mein erstes Date, und entsprechend klopfte mein Herz bis zum Hals und der Blutdruck war in hohe Sphären gestiegen!

Ich versuchte, mich zur Ruhe zu zwingen und atmete tief ein und wieder aus. Damit war ich so beschäftigt, dass ich meine Verabredung nicht kommen sah. Erst als mich Jürgen ansprach, registrierte ich ihn.

„Hallo Michael, bist du gerade beschäftigt?", schmunzelte er.

Ich fuhr zusammen und stammelte dabei: „Äh – nein – äh – eigentlich nicht."

„Nervös?"

Ich nickte nur.

„Warum? Ich beiße nicht!"

„Ich – also, das ist mein – mein erstes Date",
stammelte ich.

„Ach so, das erklärt natürlich deine Nervosität.
Ich kenne das, denn mir ging es bei meinem
ersten Treffen mit einem Mann auch so."

„Wirklich?"

Er lachte: „Na klar, mach dir also keine Gedanken!"

Erst jetzt beruhigte ich mich etwas und betrachtete mein Gegenüber etwas genauer: Jürgen
wirkte etwas älter als auf dem Foto, und auch
seine Figur war nicht ganz so sportlich.

Mein Blick war ihm nicht entgangen.

„Na, bist du enttäuscht?"

„Nein, warum auch?"

„Weil ich mit dem Foto etwas geschummelt
habe. Es ist schon ein paar Jahre alt."

„Oh!"

„Ja, ich bin nämlich einunddreißig – aber wenn
ich das offen in die Kontaktanzeige schreibe,
wollen die Jungs bis Ende Zwanzig nichts mit mir
zu tun haben. Die Dreißig scheint da eine magi-
sche Grenze zu sein."

„Oh! Ja, also – äh – bei mir stimmt alles, mein
Foto war aktuell."

„Ja, das sehe ich. Nur, dass man dein Gesicht nicht auf dem Foto gesehen hat. Schade eigentlich, denn du hast ein sehr hübsches Gesicht!"

„Oh, danke!", murmelte ich und spürte, wie ich verlegen wurde.

„Nun habe ich dir mein wahres Gesicht gezeigt. Magst du mich trotzdem noch?"

Was für eine Frage! Natürlich war ich etwas überrascht, dass er bei seinem Foto geflunkert hatte, aber eigentlich hätte ich das wissen müssen, weil es doch fast alle taten. Allerdings hatten wir nach unseren Steckbriefen viele gemeinsame Hobbys und Ansichten, sodass ich ihn unbedingt näher kennen lernen wollte – da schadete die kleine Schummelei wegen seines Äußeren nicht.

„Na dann: Lass uns eine einsame Bank suchen, wo wir in aller Ruhe plaudern können."

Wir machten uns auf den Weg und wurden schon bald fündig. Wir nahmen Platz und tauschten uns über unsere Ansichten, Werte und Hobbys aus. Natürlich kamen dann auch irgendwann unsere sexuellen Wünsche und Träume zur Sprache. Es war für mich ein vollkommen neues Gefühl, offen und ohne jegliche Scham darüber zu sprechen. Am Anfang hatte ich zwar doch noch ein paar Hemmungen, aber Jürgen verstand es, mich mit seiner offenen Art zu gewinnen. Gut, er hatte mit seinem Foto geschwindelt, aber das hatte er überhaupt nicht nötig: Er war schlank und durchtrainiert, was am Sport lag, den er genau wie ich sehr liebte, und seine inneren Werte überzeugten mich!

In seiner Gegenwart fühlte ich mich sehr wohl. Beim Thema Sex nahm er mir die Beklemmung, und als ich die überwunden hatte, fühlte ich ein Kribbeln im Bauch, das immer stärker wurde! Ja, mit ihm würde ich gerne eine Liebesbeziehung eingehen! Vor meinem geistigen Auge sah ich mich schon mit Jürgen im Beziehungsalltag – die Vorstellung war wunderschön!

Während wir uns über unsere sexuellen Wünsche austauschten, spürte ich plötzlich seine Hand auf meinem Oberschenkel. Er hatte sie dort nur abgelegt und bewegte sie nicht, aber dennoch reichte diese einfache Berührung aus, um mich in Ekstase zu versetzen! In meiner Hose wurde es plötzlich sehr eng und ich hatte das Gefühl, dass mein Kopf glühen würde! Nur mit viel Mühe konnte ich mich zusammenreißen und der Versuchung widerstehen, mich diesem Mann an Ort und Stelle hinzugeben. Stattdessen versuchte ich, mich weiter an unserem Gespräch zu beteiligen, aber seit er mich berührte, war ich unfähig, auch nur einen zusammenhängenden Satz zu sprechen! Nach zwei missglückten Versuchen hielt ich lieber den Mund, damit er nicht an meinem Geisteszustand zweifeln konnte.

Im Gegensatz zu mir plauderte Jürgen dagegen ganz unbefangen weiter. Er tat so, als ob er meine Erregung nicht spüren würde, aber ich ahnte, dass er mich aus den Augenwinkeln ganz genau beobachtete. Er wusste daher ganz genau, welcher Gefühlssturm gerade in mir tobte!

Gerade, als ich mich wieder halbwegs im Griff zu haben glaubte, rutschte seine Hand in meinen Schritt. Sofort war die Erregung zurück, sogar noch viel stärker als vorher! Mir stockte der Atem, denn dort hatte mich noch nie ein Mann berührt. Das Gefühl war wunderbar!

„Entspann dich", flüsterte er mir zu.

„Aber – aber – die Leute...", stammelte ich. Tatsächlich hatte ich furchtbare Angst, dass ein Spaziergänger oder Jogger sehen konnte, was gerade auf der Bank geschah.

„Hier ist niemand", beruhigte er mich, „also genieße die Berührung!"

Im nächsten Augenblick fuhr seine Hand wieder und wieder über meinen Schritt. Er musste füh-

len, dass mein Penis nicht nur gewachsen, sondern durch seine Berührung steinhart geworden
war.

„Bitte – bitte aufhören, ich –ich – mir kommt es
sonst!"

„Wäre das denn so schlimm?"

„N – nein, aber – hier..."

„Ganz ruhig! Mach die Augen zu und genieße
es einfach!"

Zu meiner eigenen Überraschung gehorchte ich
und schloss tatsächlich die Augen. Im nächsten
Moment nahm ich seine Berührungen wesentlich
intensiver wahr, was meine ohnehin schon große
Erregung noch weiter steigerte! Ich fühlte, wie
mein Saft unaufhaltsam zum Ausgang drängte –
lange würde ich ihn nicht mehr aufhalten können!

„Bitte, mir kommt..."

Weiter kam ich nicht, denn im nächsten Moment fühlte ich seine Lippen, die sanft an meinem
Ohr knabberten.

Noch einmal unternahm ich einen Versuch, das
Unvermeidliche zu verhindern: „Bitte, ich – ich
halte das nicht – nicht mehr aus!"

„Sh, ganz ruhig, mein Schatz. Genieße den
Augenblick!"

In dem Moment, als er mich ‚Schatz' nannte, war es mit meiner Beherrschung vorbei – das war die Sprengladung, die meinen Damm zum Einsturz brachte! Ich zuckte heftig, während sich der Liebessaft in meine Shorts ergoss. Zwar hatte ich in Ermangelung eines Partners schon oft onaniert, aber einen so heftigen Erguss wie jetzt hatte ich noch nie erlebt! Der Strom schien überhaupt nicht abzureißen!

Irgendwann vernahm ich wie von weither eine Stimme, die mir bereits herrlich vertraut erklang! Ich hatte mich endlich etwas beruhigt und schlug die Augen auf.

„Na, da hat es aber einer sehr nötig gehabt", lächelte mich Jürgen an.

„Ich – das – ich…"

Sanft legte er mir einen Zeigefinger auf den Mund.

„Ganz ruhig, mein Schatz, es ist alles gut!"

Langsam normalisierte sich mein Atem wieder, und ich konnte zumindest stoßweise sprechen: „Das – das war - wunderbar! Danke, Danke, Danke!!!"

„Gern geschehen! Aber nun möchte ich mir das Ergebnis gerne ansehen."

Ich verstand nicht, was er meinte, aber da ich von meinem Höhepunkt noch immer etwas benebelt war, machte ich mir keine Gedanken und vertraute ihm blindlings.

Jürgen nahm meine Hand und zog mich langsam auf die Beine. Die fühlten sich zwar etwas wackelig an, aber immerhin konnte ich stehen.

Dann zog er mich um die Bank herum. Zwischen den Büschen hinter ihr war eine kleine Lücke, und durch diese zog er mich tiefer in das Gebüsch hinein. Ich folgte ihm wie in Trance.

Als wir vom Weg aus nicht mehr gesehen werden konnten, machte sich Jürgen an meinem Gürtel zu schaffen. Schlagartig war ich wieder klar im Kopf!

„Was – was machst du da?"

„Ich habe noch nie jemanden erlebt, der einen so intensiven Höhepunkt gehabt hat – deshalb möchte ich mir das Ergebnis ansehen."

Der Gürtel war jetzt offen, und sofort widmete er sich dem Knopf und dem Reißverschluss.

„Aber – es kann doch jederzeit jemand kommen", stammelte ich.

„Nein das ist nur ein Nebenweg, der kaum benutzt wird. Deshalb ist er ja für Treffen so gut geeignet."

Während er mich liebevoll anlächelte, hatte ich immer noch etwas Panik wegen etwaiger Spaziergänger. Aber ein dicker Kloß im Hals verhinderte, dass ich etwas sagen konnte, und zudem war ich wie gelähmt. Noch nie hatte sich ein Mann an meiner Hose zu schaffen gemacht, und es jetzt erleben zu dürfen war unglaublich schön, aber zugleich auch etwas beängstigend.

Noch während meine Gedanken im Kopf Achterbahn fuhren, hatte Jürgen meine Hose geöffnet. Mit einem Ruck zog er sie mir bis zu den Knöcheln herunter.

Wenn ich vorher gelähmt gewesen war, so erstarrte ich jetzt zu Stein.

Jürgen trat einen Schritt zurück und betrachtete mich wohlwollend und lüstern zugleich.

„Hübsche Shorts – Schwarz steht dir ausgezeichnet!"

„Da – danke", presste ich hervor.

„Dann wollen wir doch mal nach dem Ergebnis der Streicheleinheit sehen!"

Wieder trat er ganz nah an mich heran, und bevor ich reagieren konnte, hatte er mir die Shorts bis zu den Knien heruntergezogen.

„Na sieh mal einer an", schmunzelte er, „da hat jemand aber noch lange nicht genug!"

Verwirrt schaute ich an mir herunter und sah, dass mein Penis bereits wieder ganz steif geworden war.

Jetzt warf Jürgen einen Blick auf den Stoff meiner Unterhose.

„Wow, das war ja eine Riesenladung!"

Sofort überzog Schamesröte mein Gesicht.

„Und du bist schon wieder geil!", stellte er freudig fest.

Die Schamesröte verdunkelte sich noch um eine weitere Nuance.

Gerade, als ich die Sprache wiedergefunden hatte und etwas erwidern wollte, ging er vor mir auf die Knie. Im ersten Moment verwirrte mich das, aber gleich darauf verstand ich seine Absicht! Während er mit einer Hand den Schaft meines Gliedes umfasste und mit der anderen Hand meine Hoden packte, züngelte seine Zunge bereits an meiner Eichel. Sofort drohten meine Beine nachzugeben!

Jürgen spürte, was die neue Erfahrung in mir auslöste. Ohne sich von mir zu lösen, dirigierte er mich auf den Boden. Kaum lag ich auf dem Rücken. legte er los! So etwas kannte ich bislang nur aus Filmen, und nun durfte ich es selber erleben!

Jürgen war vollkommen konzentriert bei der Sache, während ich mich ihm immer lauter stöhnend hingab. Es dauerte nicht lange, bis er mich ohne Umwege ins Paradies katapultierte! Ich war vor Ekstase so weggetreten, dass ich nicht einmal bemerkte, dass er meinen gesamten Samen schluckte!

Wieder dauerte es eine ganze Weile, bis ich wieder normal atmen konnte. Mein Puls brauchte dagegen etwas länger, um sich zu beruhigen.

Als ich endlich wieder klar denken konnte und meine Umgebung wahrnahm, bemerkte ich, dass ich ohne Schuhe und Hosen auf dem Boden lag. Ich hatte in meiner Ekstase nicht mitbekommen, wie mir Jürgen die Kleidungsstücke entfernt hatte.

Als er meinen erschrockenen Blick bemerkte, meinte er lächelnd: „So bin ich bequemer an deine Süßigkeiten gekommen."

„Aber…"

„Keine Angst, hier ist weit und breit keine Seele!" Seine Stimme klang überzeugend und strahlte eine unglaubliche Ruhe aus, die auf mich abfärbte.

Jetzt legte er sich neben mich und streichelte meine Wange.

„Du bist süß, so unglaublich süß!"

Dann presste er seine Lippen überraschend auf meinen Mund. Nach einer Schrecksekunde erwiderte ich seinen Kuss mit voller Hingabe! Als ich seine Zunge an meinem Mund spürte, öffnete ich ohne zu Zögern meinen Mund und ließ meine Zunge mit seiner Tango tanzen! Es war die reinste Ekstase, die uns alles ringsherum vergessen ließ! So etwas Schönes hatte ich noch nie zuvor erlebt!

Als sich unsere Münder schließlich trennten, sah er mir tief in die Augen: „Du hast heute viel Neues erlebt – möchtest du noch mehr?"

„Ich verstehe nicht..."

„Ich möchte, dass du mir einen bläst."

Eigentlich war ich von den bisherigen Erlebnissen noch viel zu aufgewühlt, um noch mehr Eindrücke verkraften zu können. Andererseits hatte sich Jürgen so viel Mühe gegeben, da konnte ich jetzt ja wohl kaum seine Bedürfnisse ignorieren. Eigentlich hatte ich mit einem ganz normalen Treffen zum Kennenlernen gerechnet, bei dem wir nur reden würden – stattdessen lag ich jetzt in einem Park mit nacktem Unterleib hinter einem Gebüsch und war bereits zweimal gekommen.

Irgendwie war das Treffen ganz anders gelaufen, als ich es mir vorgestellt hatte.

„Also", brachte sich Jürgen wieder in Erinnerung, „magst du mir einen blasen? Wenn nicht, wäre das aber auch vollkommen okay! Du hast heute schon eine Menge erlebt und ich kann verstehen, wenn du das alles erst einmal verarbeiten willst."

„Ich – ich weiß nicht…"

„Kein Problem! Du musst nicht, wenn du nicht magst!"

In mir kämpften zwei widerstrebende Gefühle: Einerseits fühlte ich mich von den Ereignissen überrollt, aber andererseits faszinierte mich die Situation. Zudem war ich Jürgen sehr dankbar, dass er mich in die ersten Schritte der Liebe eingeführt hatte und spürte das Bedürfnis, ihm meine Dankbarkeit zu beweisen.

Ich schluckte einmal, bevor ich kurzentschlossen mit etwas heiserer Stimme murmelte: „Ich werde es machen!"

„Bist du sicher?", vergewisserte er sich.

Ich nickte, bevor ich mit etwas festerer Stimme hinzufügte: „Komm, zieh die Hose aus!"

Mit einem Lächeln entledigte er sich zuerst der Schuhe, dann seiner Hose und zum Schluss der dunkelblauen Unterhose in Slipform. Kaum vom Stoff befreit, schnellte sein Glied steil nach oben!

„Na, dann mal los! Aber wenn es dir zu viel wird, kannst du jederzeit aufhören – ich würde mich dann selber fertigrubbeln", bot er an.

Ich nickte und ging von der liegenden Position in eine kniende Stellung über. Ich betrachte staunend sein langes, kraftvolles Glied, bevor ich es mit einer Hand ergriff und sanft küsste. Dabei spürte ich die enorme Hitze, die von seinem Geschlechtsteil ausging. Offensichtlich war er schon die ganze Zeit erregt gewesen, was mir entgangen war, da ich viel zu sehr mit meinen eigenen Gefühlen und Empfindungen beschäftigt gewesen war.

Aber nun wollte ich mich bei ihm revanchieren! Ich wusste, dass die Männer in den Filmen verschiedene Techniken beim Oralsex angewendet hatten. Um keinen Fehler zu machen, beschloss ich, es so zu machen, wie er es mir besorgt hatte.

Nach dem Begrüßungskuss auf seinen Schaft ergriff ich sein Glied und seinen Juwelenbeutel und küsste beides ausgiebig. Während sich sein Schaft so hart wie Stein anfühlte, waren seine Hoden zwar weicher, aber sie hatten dennoch eine überraschende Festigkeit.

Nachdem ich jede Stelle zwischen seinen Beinen ausgiebig mit Küssen bedeckt hatte, streckte ich meine Zunge heraus und leckte sanft über seine Juwelen. Ein unterdrücktes Stöhnen bewies, dass es ihm gefiel.

Schließlich wechselte ich zwischen Küssen und Lecken hin und her, was die Lautstärke seines Stöhnens steigerte. Ich selber wurde auch immer erregter, denn ich widmete mich zum ersten Mal in meinem Leben den Geschlechtsteilen eines Mannes! Obwohl das für mich eigentlich schon Motivation genug war, stieg mir sein Intimduft in die Nase und stachelte meine Erregung noch weiter an. Ich konnte spüren, wie sich mein Glied schon wieder verhärtete.

Aber ich hatte schon zwei Höhepunkte erleben dürfen, deshalb ignorierte ich mehr oder weniger meine eigene Geilheit und konzentrierte mich voll und ganz auf Jürgens Geschlecht.

Ihn hatten die bisherigen Ereignisse ebenfalls tüchtig zugesetzt, denn auch wenn ich sicher etwas unbeholfen zu Werke ging, spürte ich seine wachsende Spannung! Also stülpte ich schließlich meine Lippen über seine Eichel und nahm sein Glied soweit auf, wie es mir möglich war. Dann begann ich es zu saugen, während ich mit einer Hand weiter seinen Juwelensack massierte!

Ich wusste, dass sich die beiden Hoden kurz vor dem Höhepunkt wie ein einziges Juwel anfühlten, aber ich war so mit Blasen beschäftigt, dass ich diesen Moment verpasste. Als sein Schaft plötzlich zu pumpen begann, erschrak ich mich und ließ ihn aus meinem Mund entweichen. Im nächsten Moment klatschte mir der erste Schwall seiner Sahne mitten ins Gesicht. Ich war so verblüfft, dass ich einfach innehielt und die nächsten Eruptionen mein Oberteil beschmutzen ließ, während der Rest seines Saftes in meinen Schoß tropfte.

Während Jürgens Ekstase nach der Entladung langsam abebbte und er wieder zu sich kam, kniete ich verwirrt und wie in Trance vor ihm.

Er hatte sich als erster von uns beiden wieder gefangen. Als er mich so beschmutzt vor sich sah, fing er an zu lachen.

„Na, da habe ich dich aber ganz schön eingesaut! Tut mir leid, Schatz, das war keine Absicht."

Nun kam auch in mich etwas Bewegung. Ich wollte nach einem Taschentuch greifen, aber meine Hose lag ja irgendwo im Gebüsch.

Jürgen hatte sich schneller im Griff. Rasch fand er seine Hose und entnahm ihr eine Packung Papiertaschentücher.

„Hier, mach dich damit etwas sauber."

Wie ein Verdurstender nach einem Glas Wasser griff ich nach dem Päckchen

„Beim ersten Mal fühlt es sich etwas eklig an, dabei es ist das Normalste der Welt. Man gewöhnt sich sehr schnell daran."

Ich wischte mir seine Sahne aus dem Gesicht und versuchte danach, mein Oberteil zu säubern. Das brachte aber nichts, denn ich verschmierte alles nur noch mehr.

„Das muss in die Reinigung, sonst geht es nicht raus."

„O – okay, danke für den Tipp!" Nach einer Pause fügte ich kleinlaut hinzu: „Eigentlich wollte ich deinen Saft schlucken, so wie du es bei mir gemacht hast – dann wäre das nicht passiert."

„Mach dir keine Gedanken, es kann immer etwas daneben gehen. Schlucken wirst du noch oft genug in deinem Leben, deshalb ist es vielleicht ganz gut, wenn du es langsam angehen lässt. Nur keinen Stress, denn der tötet die Lust!"

Ich nickte und versuchte, wissend auszusehen.

Als ich meine Säuberungsversuche aufgab, zog mich Jürgen auf die Beine.

„Komm, zeig mir mal dein Poloch", bat er.

„Ich – ich weiß nicht…"

„Keine Sorge, ich werde dich nicht ficken! Ich will es mir nur ansehen."

Mit einem etwas flauen Gefühl im Magen wandte ich ihm den Rücken zu.

„Komm, bück dich."

Zögernd erfüllte ich seinen Wunsch. Gleich darauf spürte ich, wie seine Finger meine Hinterbacken und schließlich die Rosette abtasteten.

Nach einem Moment, der sich wie eine Ewigkeit angefühlt hatte, meinte er: „Dein Poloch ist sehr eng. Man merkt sofort, dass du noch nie gevögelt worden bist."

Ich richtete mich auf und wandte mich ihm wieder zu.

„Ist das schlimm?"

„Nein, aber für deinen Hintereingang ist jeder Schwanz zu dick. Da dürfte dein erstes Analerlebnis etwas schmerzhaft werden."

Ich musste blass geworden sein, denn er fügte sofort beruhigend hinzu: „Keine Sorge, du kannst das trainieren! Besorg dir ein paar Analplugs in unterschiedlichen Größen und steck dir den kleinsten davon hinten rein. Vergiss dabei die Gleitcreme nicht! Wenn du den Plug einige Zeit getragen hast, nimmst du die nächste Größe und steigerst dich auf diese Weise. Am Ende kannst du dich problemlos von einem Mann ficken lassen."

„Oh!" Mehr konnte ich nicht herausbringen.

„Das war jetzt alles etwas viel für dich, oder?"

Stumm nickte ich.

„Dann komm, wir ziehen uns an und gehen."

Wieder nickte ich zur Bestätigung. Dann zog ich meine Shorts an und spürte sofort die restliche Nässe meines Ergusses. Nachdem wir wieder anständig bekleidet waren, schaute ich verstohlen an mir herunter, aber die Hose zeigte im Schritt keinen verräterischen Fleck – offensichtlich hatten die Shorts meinen gesamten Samen aufgefangen. Das erstaunte mich angesichts der abgesonderten Menge, aber andererseits war es so am besten. Mein Hemd zierten dafür einige Flecken, die man bei genauerem Hinsehen erkennen konnte, aber das war nicht weiter schlimm.

Dann standen wir uns angezogen gegenüber.

„Das war sehr schön mit dir", stellte Jürgen fest, „hat es dir auch gefallen?

Ich räusperte mich, bevor ich antworten konnte: „Oh ja, das – das war Wahnsinn!"

„Komm her!"

Wir umarmten uns und küssten uns zum Abschied.

„Darf – darf ich dich wiedersehen?", fragte ich zaghaft.

Erstaunt sah mich Jürgen an. „Aber natürlich! Wollen wir uns das nächste Mal bei mir treffen? Im Bett ist es gemütlicher als auf einem Naturboden."

Ich lachte befreit auf! „Zu gerne!"

Wir tauschten unsere Telefonnummern aus und er gab mir seine Adresse. Dann trennten wir uns. An dem Abend konnte ich lange nicht einschlafen, weil ich immer an die Erlebnisse im Park denken musste. Die Erinnerung ließ mich wieder heiß werden, und so kümmerte ich mich zuerst um meinen kleinen Freund, bevor ich langsam die Geschehnisse weiterverarbeitete. Was ich für ein harmloses Treffen zum Kennenlernen gehalten hatte, entpuppte sich zu einem überaus delikaten Stelldichein. Dabei hatte ich endlich das von mir so sehnsüchtig herbeigewünschte Neuland betreten! Ich freute mich schon wahnsinnig auf unser nächstes Treffen, denn es gab ja noch so viel zu entdecken! Bei dem Gedanken, wie Jürgen meinen Po begutachtet hatte, begann mein Penis erneut zu glühen! Nach den zahlreichen Eruptionen des Tages wurde er aber partout nicht mehr fest, sodass ich ihm schließlich seine Ruhe ließ.

Mit dem köstlichen Geschmack von Jürgens Glied im Mund schlief ich schließlich ein. Es war ein sehr unruhiger Schlaf, in dem ich das Erlebte auch noch verarbeitete und gedanklich bereits viel weiter ins Neuland vorstieß.

Das Wiedersehen

Am anderen Morgen fiel allen im Büro eine Veränderung an mir auf. Das konnte ich mir nicht erklären, denn für mein Gefühl verhielt ich mich nicht anders als sonst – zumindest wollte ich so wirken, denn innerlich schwebte ich hoch oben im siebten Himmel!

Aber auch wenn ich sehr um ein normales Auftreten bemüht war, konnte ich meinen Kollegen und vor allem den Frauen unter ihnen nichts vormachen.

„Du strahlst so", sagte mir Kollegin Birgit auf den Kopf zu.

„Ja, es ist so ein Strahlen von innen heraus", ergänzte Tamara.

„Nein, nein", wehrte ich ab, „ihr täuscht euch. Ich bin so wie immer."

Rainer grinste mich anzüglich an: „Ganz der Alte vielleicht, aber wohl einer, der eine aufregende Nacht mit einer geilen Frau hatte, oder? Wer ist die Glückliche? Komm, ich will alle schmutzigen Details hören!"

Dieser Forderung schlossen sich die Umstehenden natürlich mehr oder weniger direkt an. Natürlich hatte ich nicht vor, von meinem Erlebnis zu berichten, aber es kostete mich einiges an Zeit, die Meute loszuwerden und an die Arbeit gehen zu können.

Als es auf den Feierabend zuging, nahmen die Sticheleien wieder zu. Gerade Rainer und Sven taten sich mit anzüglichen Sprüchen besonders hervor, aber auch seitens einiger Kolleginnen kamen doppeldeutige Aussagen.

„Die Kolleginnen sind nur neidisch", raunte mir Sven zu, „die würden auch gerne mit dir ins Bett gehen."

„Das glaubst du doch wohl selber nicht! Die sind doch entweder verheiratet oder in einer Beziehung!"

„Es geht nichts über einen Gelegenheitsfick – der Archivraum ist dafür bestens geeignet!", grinste er.

Ich starrte ihn entgeistert an. Über so etwas hatte ich mir bislang nie Gedanken gemacht, aber andere offensichtlich schon. Kopfschüttelnd verließ ich das Büro.

So schnell wie möglich machte ich mich auf den Heimweg. Ich war wieder mit Jürgen verabredet, dieses Mal bei ihm zu Hause. Vorher wollte ich aber unbedingt noch duschen und mich umziehen.

Nachdem ich mich auch noch im Gesicht und im Intimbereich rasiert hatte, stand ich nackt vor dem Kleiderschrank und überlegte, welche Unterhose ich anziehen sollte. Slip oder Shorts? Schwarz oder eine andere Farbe? Vielleicht auch etwas Mehrfarbiges? Angesichts meiner Vorliebe für hübsche Unterwäsche war die Auswahl im Laufe der Zeit stark gewachsen.

Endlich entschied ich mich für einen blauweißen Slip im Sprinterstil. Darüber eine dünne, schwarze Stoffhose, kombiniert mit einem passenden Oberhemd. Auf ein T-Shirt oder ein Unterhemd im Stil der Turnhemden verzichtete ich dagegen.

Schnell noch ein Rasierwasser aufgetragen und geschaut, ob die Frisur ordentlich saß, dann ging es los.

Pünktlich zur angegebenen Zeit stand ich bei Jürgen vor der Tür. Er schien schon hinter der Tür gewartet zu haben, denn kaum hatte ich geklingelt, öffnete er bereits die Tür.

Noch bevor ich „Hallo!" sagen konnte, hatte er mich umarmt und auf den Mund geküsst. Instinktiv ließ ich meine Zunge vorschnellen, aber er schob mich lachend zurück: „Nicht so schnell, mein Schatz! Komm lieber erstmal rein."

Kaum fiel die Tür hinter uns ins Schloss, lagen wir uns bereits in den Armen – und nun gab es kein Halten mehr! Es wurde ein sehr langer und recht intensiver Zungenkuss! Wir waren beide ausgehungert nach der Liebe des anderen!

Am liebsten wäre ich mit Jürgen sofort ins Bett gegangen, aber da er noch keine entsprechenden Anstalten machte, musste ich mich gedulden. Stattdessen bekam ich etwas zu trinken und einen Platz auf dem Sofa angeboten. Immerhin setzte er sich neben mich.

„Wie war dein Tag?"

„Eigentlich ganz gut." Dann berichtete ich von den Sticheleien seitens der Kollegen, aber auch von denen der Kolleginnen.

Bei meiner Schilderung der Ereignisse lachte Jürgen schallend. Als er sich halbwegs beruhigt hatte, fragte er immer noch japsend: „Sind die alle eifersüchtig geworden? Dann musst du ja enorm beliebt sein!"

„Keine Ahnung, ich bin lediglich zu allen freundlich und höflich. Mehr nicht."

„Bist du sicher, dass es nicht mehr ist? Kein Flirt, kein tiefer Blick in die Augen?"

„Nein, die Frauen interessieren mich nicht, und meine beiden Kollegen sind absolut nicht mein

Typ. Ihrem machohaften Verhalten nach zu urteilen dürften sie echte Heteros sein – also nichts für mich!"

„Mein Schatz wird von allen Seiten angehimmelt und will nichts von den Frauen wissen – die Ärmsten!" Wieder lachte er.

„Warum sollte ich etwas von denen wollen, wenn ich doch dich habe. Dich habe ich doch, oder?"

„Natürlich!" Dabei beugte er sich zu mir rüber und küsste mich zärtlich auf den Mund. Sofort entwickelte sich darauf ein weiterer heißer Zungenkuss.

Noch während des Küssens spürte ich seine Hand in meinem Schritt. Ganz offensichtlich wollte Jürgen nun zum gemütlichen Teil des Abends übergehen. Mir war das nur recht, denn der Zungenkuss hatte mich ganz heiß werden lassen, und meine Hose spannte bereits leicht unangenehm.

Auch Jürgen bemerkte meine Erektion. „Hm, was haben wir denn da? Bist du etwa geil?"

Ich nickte nur, da ich kein Wort herausbekam.

Während er mich weiter im Schritt streichelte. raunte er: „So ein verdorbener Junge – wirst einfach so geil. Aber das gefällt mir an dir – ich will dich heiß und scharf wie eine Chilischote!"

Dann küsste er mich wieder intensiv, ohne seine Hand aus meiner Intimzone zu nehmen. Beide Berührungen entfachten ein wahres Feuer der Lust in mir und ließen mich alles ringsumher vergessen. Ich war so im Rausch der Sinne, dass ich nun meinerseits in seinen Schritt fassen wollte. Da er aber fast auf mir lag, klappte das nicht, aber immerhin konnte ich mit einer Hand sein Gesäß erreichen. Zuerst zärtlich, dann immer fordernder streichelte ich es, aber nach einiger Zeit genügte mir das nicht mehr – darum griff ich beherzt zu und knete seine Pobacken! Durch den dünnen Stoff seiner Hose konnte ich sie sehr gut spüren, wohingegen ich keine Unterhose fühlen konnte. Sollte er darunter etwa nackt sein?

Wir stimulierten uns minutenlang mit Küssen und Streicheleinheiten. Endlich unterbrach Jürgen unser Tun und keuchte: „Komm, im Bett ist es gemütlicher!"

Nur zu gerne erhob ich mich und folgte ihm willig durch seine Wohnung ins Schlafzimmer.

Dort angekommen zog sich Jürgen sofort sein Hemd aus. An mich gewendet forderte er: „Na los, zieh dich auch aus! Ich will dich nackt in meinem Bett haben!"

„Du weißt, dass das für mich das - das erste Mal ist?", wandte ich zaghaft ein.

„Ja, du bist hinten noch zu eng, aber das kriegen wir hin."

Er hatte inzwischen seine gesamte Kleidung abgelegt und stand splitternackt vor mir. Nun wollte ich ihn in aller Ruhe betrachten, aber er ließ mir dafür keine Zeit. Stattdessen drehte er sich zu einer Kommode und kramte in einer Schublade herum. Dabei konnte ich seinen Muskulösen Rücken und vor allem sein knackiges Hinterteil genauer betrachten. Es war ein wundervoller Anblick!

Leider hielt er nur wenige Momente an, dann hatte er das Gesuchte gefunden. Sofort drehte er sich zu mir um und hielt in der einer Hand einen Analplug, in der anderen Hand eine Tube Gleitcreme.

„So, mein süßer Schatz, das bekommst du jetzt als Einstig hinten rein."

Dann bemerkte er, dass ich noch meinen Slip anhatte.

„Was ist los? Keine Lust auf Spaß?"

„Doch, natürlich, aber - muss das mit dem Plug sein?"

„Schatz, du bist so heiß, dass ich dich sofort nageln will! Aber da dein Hintern noch jungfräulich und damit für meinen Schwanz zu eng ist, sollten wir es langsam angehen lassen. Einverstanden?"

Zögernd nickte ich.

„Na, dann zieh dein hübsches Höschen aus und bück dich."

Mit vor Aufregung und wohl auch etwas Angst vor dem Analplug entledigte ich mich des letzten Kleidungsstückes und tat, was er mir gesagt hatte.

Im nächsten Moment spürte ich etwas Kühles an meinem Hintereingang. Jürgen spürte sofort meine leicht verhaltene Reaktion und flüsterte mir beruhigend zu: „Das ist nur das Gleitgel. Lass deine Pomuskeln schön locker, dann geht der Dildo ganz von alleine rein."

Dann spürte ich auch schon etwas an meiner Hinterpforte. Ich versuchte, ganz locker zu bleiben, aber so ganz gelang mir das nicht. Ich war enorm aufgeregt und die Situation war für mich so ungewohnt, dass ich ungewollt verkrampfte.

„Nun lass schon locker!", forderte mich Jürgen auf.

Als ich mich damit immer noch schwertat, gab er mir einen Klaps auf den Po. Auch wenn es nur ein leichter Schlag war, überraschte er mich und ließ mich ein instinktives „Aua" sagen – aber genau diese Ablenkung nutzte er aus, um den Dildo blitzschnell in mir zu versenken.

„Oh!", kommentierte ich die erste Füllung meines Hintereinganges.

„Siehst du, war doch halb so schlimm. Und jetzt", dabei deutete er auf meinen steil nach oben ragenden Penis, „jetzt werden wir uns darum kümmern. Und natürlich auch darum!" Dabei zeigte er auf sein Glied, das zu einer imposanten Größe angewachsen war.

Er folgte meinem faszinierten Blick und schmunzelte: „Der wird es dir jetzt oben und in ein paar Tagen auch hinten besorgen!"

„Den – den bekomme ich niemals rein!", keuchte ich erschrocken.

„Oh doch, wir werden deine süße Arschfotze systematisch weiten, bis ich ihn dir reinstecken kann. Aber das ist Zukunftsmusik, jetzt sind wir im Hier und Jetzt, und da darfst du meinen

Schwanz lutschen und blasen. Also dann: Marsch ins Bett!"

Damit packte er meine Hand und zog mich auf die große Lustwiese. Wegen des in mir steckenden Analplugs ließ ich mich nur sehr vorsichtig auf das Bett sinken – ich wollte nicht durch eine unbedachte Bewegung eine Verletzung riskieren.

„Keine Sorge, da passiert nichts!", beruhigte mich Jürgen, „und nun, mein Schatz, lass der Lust freien Lauf!"

Das taten wir dann beide auch! Es wurde eine sehr intensive Liebesnacht, in der wir uns oral und mit viel Handarbeit immer wieder in den Himmel der Lüste katapultierten. Als wir endlich voneinander abließen, schliefen wir rasch engumschlungen ein. Dabei vergaßen wir sogar den Analplug in mir, sodass er bis zum anderen Morgen in mir verweilte.

Endlich liiert!

Am nächsten Tag riss uns Jürgens Wecker aus dem Schlaf. Ich wollte das Ding instinktiv abstellen, aber da ich mich in einem fremden Bett befand, klappte das nicht.

Endlich hatte mein Freund den Lärm abgestellt. Danach beugte er sich zu mir herunter und küsste mich sanft auf den Kopf.

„Guten Morgen, mein kleines Murmeltier", flötete er gutgelaunt, „Zeit zum Aufstehen!"

Ich zog mir die Bettdecke über den Kopf und murmelte verdrossen: „Es ist mitten in der Nacht!"

„Nein, Schatz, es ist bereits acht Uhr! Ich muss mich fertig machen und zur Arbeit."

„Wie spät ist es?" Entgeistert sprang ich aus dem Bett und war sofort hellwach. „Um acht Uhr muss ich im Büro sein!"

„Nun, dann kommst du heute eben mal zu spät! Kommst du mit unter die Dusche?"

Damit drehte er sich um und ging nackt ins Bad. Sein Anblick verschlug mir wieder den Atem, aber sofort gewann die Panik die Oberhand – zu spät ins Büro kommen, das ging ja nun überhaupt nicht! Nach den ganzen Sprüchen von gestern konnte ich mir lebhaft vorstellen, was ich mir heute alles würde anhören dürfen!

Rasch eilte ich hinter Jürgen her. Dabei spürte ich etwas in mir, dass dort von Natur aus nicht hingehörte. ‚Der Analplug!', schoss es mir im gleichen Moment durch den Kopf.

Im Bad hatte sich Jürgen gerade erleichtert. Ich achtete nicht weiter darauf, sondern bat ihn, den Dildo zu entfernen.

„War der die ganze Nacht drin?", erwiderte er mit einer Mischung aus Lachen und Verwunderung. „Na, du bist mir ja ein ganz verdorbenes Bürschchen!"

„Bitte, nimm ihn raus", bettelte ich, „ich muss zur Arbeit!"

„Na gut, aber schade ist es trotzdem. Vielleicht sollte ich dich so zur Arbeit gehen lassen?"

„Jürgen, bitte!"

„Ja, ja, schon gut. Dreh dich halt um und bück dich."

Im nächsten Moment zog er gekonnt den Dildo aus mir heraus. Dabei konnte er es sich aber nicht verkneifen, mein Hinterteil ausgiebig zu streicheln und mein Poloch zu befingern. Sofort regte sich mein Glied.

Natürlich bemerkte er das auch. „Komm unter die Dusche, dann werde ich ihn wieder klein machen."

Mein Pflichtgefühl und die Sorge vor dummen Sprüchen widersprach diesem Ansinnen zwar, aber wie hätte ich Jürgens Angebot ausschlagen können? Also gingen wir zu zweit unter die Dusche. Erstaunlicherweise war sie recht geräumig, sodass es nicht so eng wie erwartet war. Dennoch kam es immer wieder zu Körperkontakt - allerdings auch, weil wir beide das so wollten.

Nach einem ersten Abduschen ging Jürgen vor mir auf die Knie und kümmerte sich um meine Erektion. Nachdem er seine Mission erfolgreich abgeschlossen hatte, war es an mir, nun die Versteifung in seinem Schritt zu lösen. Angesichts der Größe seines Gliedes konnte ich es wie schon zuvor nur teilweise aufnehmen, aber in Kombination mit ein paar massierenden Handbewegungen an seinem Juwelenbeutel reichte das vollkommen aus, um ihm Erleichterung zu verschaffen. Als es ihm kam, wollte, ich seinen Schaft aus meinem Mund lassen, aber er hielt meinen Kopf fest und lächelte mich zärtlich an: "Hier kommt dein Frühstück!" Ich ließ es zu und schluckte brav seinen Liebessaft!!

Nachdem unsere Lust vorerst gestillt war, seiften wir uns gegenseitig ein. Natürlich widmete jeder der Intimzone des anderen ganz besonders intensive Aufmerksamkeit, was nicht folgenlos blieb. Allerdings waren wir nach der heißen Nacht und dem Austausch unserer Sahne unter der Dusche ziemlich ausgelaugt.

„Lass uns die Fortsetzung auf heute Abend verschieben", schlug Jürgen vor.

Ich nickte zustimmend. „Wo wollen wir uns treffen?"

„Am besten wieder hier. Bring dir aber von zu Hause Wäsche zum Wechseln mit! Ach ja: Mein Rasierapparat ist im Spiegelschrank, du kannst ihn gerne benutzen!"

Jetzt fiel mir siedend heiß ein, dass ich weder Hygienesachen noch frische Wäsche dabei hatte! Was würden die Kollegen sagen, wenn ich in der gleichen Kleidung wie gestern im Büro auftauchen würde? Kurz bevor ich in Panik verfallen konnte, fiel mir in, dass ich mich zuhause umgezogen hatte. Das beruhigte mich. Zudem redete ich mir ein, dass ich die Wäsche nur für eine vergleichsweise kurze Zeit getragen hatte, denn die meiste Zeit hatte ich ja nackt mit Jürgen im Bett gelegen.

Endlich waren wir beide fertig angezogen und bereit für die Arbeit. Zum Abschied fielen wir uns um den Hals und tauschten zärtliche Küsse aus.

Jürgen löste die Umarmung als erster: „Du, wir müssen zur Arbeit! Also los, mein Schatz, beweg dich!" Damit öffnete er die Tür, drehte mich sanft in Richtung Ausgang und gab mir zum Abschied einen liebevollen Klaps auf den Po. Ich revanchierte mich, indem ich mich nochmals zu ihm umdrehte und eine Kusshand in seine Richtung schickte.

Auf dem Weg ins Büro überlegte ich, ob wir nun eine Beziehung hätten. Alle Indizien sprachen dafür: die Liebesnacht, der Wunsch des Wiedersehens, der Abschied wie bei Paaren und seine Aufforderung, dass ich Kleidung und Hygieneartikel von mir in seiner Wohnung platzieren sollte. Ja, es fühlte sich tatsächlich wie eine Beziehung an!

Ich war glücklich!

Ich, das Gesprächsthema Nummer 1

Als ich kurz nach neun Uhr ziemlich abgehetzt an meinem Arbeitsplatz eintraf, hörte ich deutlich das Getuschel hinter meinem Rücken. Ich konnte mir lebhaft vorstellen, welche Überraschung meine Verspätung ausgelöst hatte, aber anfangs traute sich keiner zu fragen. Rainer und Sven konnte ich nicht erblicken, denn die hätten keine Skrupel gehabt, mich sofort ins Kreuzverhör zu nehmen.

Schließlich fasste sich Kollegin Birgit ein Herz und versuchte es auf subtile Weise: Sie stellte ungefragt einen randvollen Kaffeebecher vor mir ab!

„Vorsicht, der ist heiß. Dafür aber schwarz und stark – du scheinst ihn gebrauchen zu können."

Ja, danke!"

„Fühlst du dich gut? Du siehst irgendwie krank aus."

„Nein, mir geht es gut, danke! Ich habe nur zu wenig geschlafen."

Im nächsten Moment bereute ich diese Formulierung, denn sie hakte gleich nach: „So, so, dann war das wohl eine richtig heiße Nacht, was?"

„Nein, nicht das, was du denkst."

„Was denke ich denn?"

„Keine Ahnung, aber es ist bestimmt unanständig."

„Nur unanständig oder richtig schmutzig?"

„Deine Gedanken?"

„Unsinn, deine Nacht!"

„Nein, die war – äh – für mich schlaflos."

„Warum?"

„Wahrscheinlich habe ich etwas Falsches gegessen, denn mir war übel", log ich, „Irgendwie speiübel. Aber jetzt geht es wieder. Mach dir also keine Gedanken um mich.

„Oh, wir machen uns alle Gedanken um dich. Deine Freundin scheint dich ja mächtig ranzunehmen."

„Nun, ich bin Single, wie ihr alle wisst, und deshalb nimmt mich auch niemand ran. Es war einfach nur eine Magenverstimmung. Nachdem das geklärt wäre, könnten wir doch das Thema wechseln, oder?"

„Ja, schon klar, du willst uns nicht verraten, wer sie ist. Aber das kriegen wir schon noch raus, mein Lieber, darauf kannst du dich verlassen!"

In diesem Moment erschienen Rainer und Sven im Raum: „Wer kann sich worauf verlassen?" Sie hatten den letzten Satz von Birgit gehört und wandten sich deshalb ihr zu.

Die Kollegin deutete auf mich und meinte: „Micha ist völlig fertig!"

Jetzt schauten die beiden zu mir.

„Mensch, Alter", begann Rainer entsetzt, „was ist denn mit dir passiert?"

Bevor ich reagieren konnte, klärte Birgit die beiden auf: „Er hat sich gestern den Magen verdorben", wobei sie beim Schlussteil mit den Fingern Anführungszeichen in die Luft malte.

„Alter, du siehst echt scheiße aus!" Dann rückte er näher an mich heran. „Erzähl mal, wie war es? So, wie du aussiehst, müsst ihr es enorm wild getrieben haben. Nun erzähl schon!"

„Nein, ich habe mir den Magen verdorben und das war es auch schon."

„Wie heißt denn deine Magenverstimmung?" Grinsend malte auch Rainer jetzt Anführungszeichen in die Luft.

Da ich in der Zwischenzeit etwas Zeit zum Überlegen hatte, gab ich trocken zurück: „Kartoffelsalat – seit drei Tagen abgelaufen." Das stimmte zwar nicht, aber diese Antwort nahm meinen Kollegen zunächst einmal den Wind aus den Segeln.

Rainer und Sven gingen enttäuscht zu ihren Schreibtischen, und auch die Kolleginnen ließen die Sache erst mal auf sich beruhen. Ich wusste aber, dass es nur eine Frage der Zeit war, bis sie mich wieder mit ihren Fragen traktieren würden.

Immerhin ließen sie mich den restlichen Vormittag über in Ruhe. Trotzdem bemerkte ich, wie immer wieder jemand verstohlen zu mir rüber sah und dann mit einer Kollegin tuschelte. Es war glasklar: An diesem Tag war ich das Tagesgespräch Nummer 1 im Büro! Zu meinem Erstaunen machte mir das aber nichts aus, denn ich fühlte mich, von der bleiernen Müdigkeit einmal abgesehen, richtig gut! Die Erinnerung an die letzte Nacht und das morgendliche Duschen nebst ergänzenden Handlungen ließ mich wie auf Wolken durch den Tag schweben. Des Weiteren erheiterte mich der Gedanke, dass meine Kollegen und ganz besonders die Kolleginnen fieberhaft meine weiblichen Kontakte durchgingen, um meine mysteriöse Freundin zu enttarnen.

‚Wenn ihr wüsstet‘, dachte ich amüsiert, ‚dass ich die Nacht mit einem Mann verbracht habe und traumhaft tollen Sex hatte! Ihr würdet ziemlich schockiert sein. Eines Tages werdet ihr es erfahren, aber bis dahin sucht mal schön nach der unbekannten Frau.'

Meine gute Laune konnte jedoch nur ansatzweise meine Müdigkeit überdecken. Zwar schüttete ich literweise Kaffee in mich rein, aber das half nur wenig.

„Du musst viel Wasser trinken!", ließ sich eine Stimme neben mir vernehmen. Ich drehte mich zu dem Sprecher um – natürlich, es war Rainer! „Nach einer wilden Nacht braucht der Körper Flüssigkeit, viel Flüssigkeit! Also das genaue Gegenteil von Kaffee! Hier, trink Mineralwasser!"

Damit stellte er eine Flasche neben meinen Schreibtisch und entfernte sich mit einem verschwörerischen Zwinkern, was wegen seines Grinsens aber eher wie eine Maske wirkte.

Dennoch wusste ich seine gute Absicht zu würdigen. Mit erhobenem Daumen bedankte ich mich und trank beinahe schon gierig das Wasser. Warum war ich nicht von selber auf diese Idee gekommen?

Aber alle Versuche, die Müdigkeit in den Griff zu bekommen, wurden von der Erkenntnis zunichte gemacht, dass sich der Arbeitstag endlos in die Länge zog.

Ich sehnte den Feierabend herbei, aber die Zeit schien sich gegen ´mich verschworen zu haben. Zudem unternahmen meine Kolleginnen nun wieder abwechselnd mit unterschiedlichen Begründungen neuerliche Versuche, mir nähere Informationen zu meiner vermeintlichen Freundin zu entlocken. Trotz meines angeschlagenen Zustandes blieb ich aber standhaft bei meiner Behauptung mit dem verdorbenen Kartoffelsalat.

Als dann endlich Feierabend war, hatte ich die Kolleginnen gespalten: Während die eine Hälfte langsam von der Richtigkeit meiner Behauptung überzeugt war, glaubte die andere Hälfte an eine heiße Nacht. Einige der Damen waren sogar regelrecht erbost, weil ich keine Details nannte – wahrscheinlich hatten sie gehofft, damit ihren Arbeitstag aufpeppen zu können. Nun hatte das nicht geklappt, aber morgen war ein neuer Tag und ich konnte felsenfest davon ausgehen, dass sie wieder versuchen würden, mir Informationen zu entlocken.

Rainer und Sven glaubten ebenfalls nicht an die Geschichte mit dem verdorbenen Magen, aber ihnen war der Name der Frau im Grunde egal, sie waren nur an den Details im Bett interessiert. Wenn die beiden wüssten, mit wem ich es getrieben hatte, hätten sie bestimmt ziemlich verdutzt aus der Wäsche geschaut.

Gleich nach der Arbeit eilte ich nach Hause und warf frische Wäsche für zwei Tage, meinen Rasierapparat sowie Zahnbürste und all die Dinge, die man für eine Übernachtung außer Haus braucht, in eine Reisetasche. Dann fuhr ich schleunigst zu Jürgen.

Er hatte schon auf mich gewartet und empfing mich mit einer stürmischen Umarmung, gepaart mit einem endlos langen Zungenkuss! Es war herrlich!

Anschließend packte ich meine Sachen an die von Jürgen vorher geräumten Stellen. Nun hatte ich tatsächlich eigene Sachen in der Wohnung meines Freundes! Es gab keinen Zweifel, dass wir spätestens jetzt mehr waren als ein Liebespaar – wir waren ein richtiges Paar, das sich nicht nur das Bett, sondern auch die Wohnung teilte, sodass jeder am Leben des anderen teilhaben konnte!

Die geheime Beziehung

Von nun an übernachtete ich regelmäßig bei Jürgen. Auf diese Weise verbrachten wir viel Zeit miteinander, und die wussten wir gut zu nutzen!

Während unserer Zweisamkeit tauschten wir intensiv Küsse und Streicheleinheiten aus. Zudem befriedigten wir uns, wobei ich es oral besorgt bekam, während ich bei ihm an beide Öffnungen durfte. Es war einfach wunderbar, wenn ich mein Glied in seinem Hintereingang versenken durfte. Regelmäßig fieberte ich dann dem Moment entgegen, in dem er mich auf die gleiche Weise nehmen würde. Also arbeiteten wir daran, meine Kehrseite bald zugänglich zu machen. Dementsprechend bekam ich regelmäßig einen Analplug eingeführt. Diesen trug ich zunächst tagsüber im Haus, aber nach ein paar Tagen auch bei Spaziergängen oder Kinobesuchen. Zu meiner eigenen Überraschung machte mir das nach einer kurzen Eingewöhnungsphase überhaupt nichts aus. Auch dann nicht, als Jürgen im Laufe der Tage die Größe des Plugs steigerte. Ganz im Gegenteil: Je größer die Plugs wurden, desto mehr wuchsen meine Ungeduld und meine Begierde, endlich seinen Liebesspeer in mir zu

fühlen! Aber mein Freund war verantwortungs-
bewusst genug, meinem Drängen standzuhalten,
sosehr er sich auch den Sex mit mir wünschte. Er
wollte ganz sicher gehen, dass ich mich ihm nicht
zu früh hingab und dadurch eine Verletzung da-
vontrug.

In den ersten Nächten unseres geheimen Zu-
sammenlebens vergnügten wir uns lange und
ausgiebig, sodass ich noch mehrmals übernächtigt im Büro erschien. Die Gerüchteküche brodelte, aber ich gab nichts preis.

„Nun sag schon, wer es ist!", wurde ich von
verschiedenen Seiten immer wieder gedrängt.

Meine Standardantwort lautete dann immer:
„Niemand aus der Firma, also kennt ihr die Person nicht."

„Ist sie verheiratet?"

„Nein", offenbarte ich, um nicht als Ehebrecher
dazustehen.

„Aber sie ist in einer festen Beziehung, deshalb
die Geheimniskrämerei?"

„Nein", seufzte ich übertrieben laut, um auf
diese Weise meinen Unmut über die ständige
Fragerei kundzutun. Dafür erntete ich mit zuneh-
mendem Zeitablauf unwirsche Reaktionen.

Je öfter ich bei Jürgen übernachtete, desto mehr hatten wir uns auf den Tagesablauf des jeweils anderen eingestellt. Auf diese Weise bekam ich wieder etwas mehr Schlaf und wirkte im Büro wieder ausgeruhter und damit normaler. Damit wurde ich aber auch wieder als langweilig eingestuft, und da ich mich beharrlich weigerte, Informationen preiszugeben, schoben schließlich viele mein Verhalten auf eine kurze Romanze.

Im Laufe der Zeit gaben immer mehr Kolleginnen das Nachfragen auf. Leicht fiel es ihnen nicht, aber wegen meiner Verschwiegenheit wurde es ihnen schlicht zu langweilig. Zudem gab es in der Firma neue Gerüchte zu anderen Personen, von denen viele Details bekanntwurden – das war natürlich viel aufregender als mein abgeschottetes Liebesleben. Nur Rainer und Sven hakten immer wieder nach.

Meine Beziehung zu Jürgen war aber entgegen der Annahme meiner Kolleginnen kein kurzes Abenteuer, sondern wahre Liebe!

Nachdem ich endlich den größten Analplug mehrere Tage in mir gehabt und Jürgen meinen Hintereingang genau betrachtet hatte, sah er den großen Tag gekommen: „Also, Micha, das gefällt mir alles sehr gut!"

„Du meinst, wir können es endlich machen?"

„Möchtest du es denn?"

„Oh ja, nichts lieber als das."

Plötzlich schien er sich zu zieren, aber ich war mir nicht sicher, ob das echt oder nur gespielt war. Also bettelte ich: „Komm, bitte, bitte, besorg es mir!"

Er lachte leise. Also hatte er das Zögern nur vorgetäuscht, um mich zu ärgern!

Nun, dann solltest du..."

Weiter kam er nicht, denn ich war schon dabei, mich auszuziehen. In Windeseile stand ich nackt vor ihm.

„Na, da hat es aber einer nötig", schmunzelte er.

„Natürlich, schließlich warte doch schon sooo lange auf diesen Moment!"

„Haben dir die Plugs und meine Finger im Hintern nicht gefallen?"

„Doch, natürlich", gab ich zu, „aber ich will es endlich richtig erleben! Also komm, besorg es mir! Steck mir dein Ding rein"

Das kannst du haben!"

Im nächsten Moment war er ebenfalls unbekleidet und zog mich ins Schlafzimmer.

„Komm, knie dich auf das Bett!"

Sofort sprang ich auf die Lustwiese und nahm die angegebene Stellung ein. Da er vor dem Brett stand, war meine Kehrseite auf gleicher Höhe mit seiner Körpermitte.

Vor Aufregung schlug mein Herz bis zum Hals – gleich würde ich den magischen Moment erleben, von dem ich schon so viel gehört hatte!

Aber noch war es nicht soweit!

„Nicht erschrecken!", vernahm ich seine Stimme, „Es wird jetzt etwas kalt und glitschig!"

Im nächsten Augenblick fühlte ich, wie er eine Creme auf meiner besonderen Stelle verteilte ‚Gleitcreme!', schoss es durch meinen Kopf, ‚Stimmt, das muss sein!' Vor lauter Lust und Ungeduld hätte ich daran nicht gedacht, aber Jürgen war umsichtig genug und hatte aufgepasst.

‚Ein toller Freund!', dachte ich, und mein Herz war ganz warm von Liebe und Zuneigung für diesen wunderbaren Mann.

Im nächsten Moment waren meine Gedanken wie weggespült – ich spürte etwas an meinem Hintereingang und ahnte, dass es seine Eichel war.

„So, mein Schatz, jetzt ist der große Moment gekommen! Genieße ihn!"

Dann schob er mir sein Glied langsam immer weiter in den Leib. am Anfang zuckte ich mehrmals schmerzhaft zusammen, und Jürgen stoppte dann sofort seine Bewegungen. Sobald ich mich wieder beruhigt hatte, machte er weiter.

Wegen der großen Rücksicht, die er auf mich nahm, dauerte es eine gefühlte Ewigkeit, bis ich seinen Penis ganz aufgenommen hatte. Das Gefühl war unbeschreiblich! Keuchend vor Glück kniete ich auf dem Bett und jede Faser meines Körpers war von hemmungsloser Lust getränkt! Ich dachte, dass es der schönste Augenblick meines Lebens sei!

Aber ich hatte mich getäuscht, denn als er anfing, sich in mir vor und zurück zu bewegen, steigerte er meine Lust ins Unermessliche! Schlagartig war es mit meiner Beherrschung vorbei, und ich schrie meine Lust in den Raum.

„Na, das scheint dir zu gefallen", hörte ich wie aus weiter Ferne die Stimme von Jürgens.

„Ja, das – das – ist – wun – derbar!", stöhnte ich.

„Das höre ich gerne! Mir macht es aber auch enormen Spaß, dich zu vögeln!"

„Ja, fick mich, bitte, bitte, stoß zu!"

Ich hatte schon von dem Moment an, als seine Eichel an meine Hintertür klopfte, eine gewaltige Erektion bekommen, die nun, während des Akts, noch weiter anschwoll.

„Besorg es mir, bitte, bitte, mach mich fertig!"

„Jetzt ist dein Hintern nicht mehr jungfräulich!"

„Ja, das ist – gut so! Oh, ist das schöööööön!"

Das letzte Wort schrie ich laut und gedehnt heraus. Die Liebe, die mir Jürgen an diesem Tag zukommen ließ, war das schönste Geschenk meines Lebens! Ich wünschte, dass dieser Moment nie enden würde!

Schließlich konnte ich trotz meiner Ekstase spüren, wie mein Geliebter ungeduldig wurde. Natürlich ließ ihn die Situation nicht kalt, und so strebte er unaufhaltsam seinem Höhepunkt entgegen.

„Mir – mir kommt es gleich!", keuchte er atemlos.

„Oh ja, bitte, lass es kommen!"

Nach drei weiteren Stößen war es dann soweit! Sein heißer Liebessaft schoss in meinen Darm und ließ mich spitze Lustschreie ausstoßen!

Nachdem sich Jürgen verausgabt hatte, sank er auf das Laken, während ich von dem Erlebten noch völlig aufgeputscht war. Endlich war mein sehnlichster Wunsch in Erfüllung gegangen: Die Entjungferung meiner Hinterteils war die Krönung des Tages!

Allerdings hatte ich durch das Erlebte einen Tauchsieder zwischen den Beinen, der dringend entladen werden musste.

„Jetzt bist du an der Reihe zu geben", krächzte jedoch mein Geliebter mit trockener Kehle.

Da das für mich kein Neuland war, machte ich mich sofort an die Arbeit und hörte erst auf, als er sich restlos verausgabt hatte. Danach kümmerte er sich oral um mich und sorgte dafür, dass mein Glied wieder auf Normaltemperatur fiel.

Nachdem wir an jenem Tag die letzten Grenzen unserer Zweisamkeit niedergerissen und uns den letzten ‚geschützten Bereich' erschlossen hatten, verlief unser Leben wie das von allen Paaren: Tagsüber ging jeder seiner Arbeit nach, und anschließend erfolgte die Hausarbeit, gepaart mit dem häufigen Austausch von Zärtlichkeiten. Wenn alles erledigt war, gaben wir uns der Liebe hin, um anschließend eng aneinander gekuschelt einzuschlafen. Es war eine wundervolle Zeit - unbeschwert und voll von knisternder Erotik.

Ein Traum versinkt in Trümmern

Während die Zeit wie im Fluge vorbeizog, genossen Jürgen und ich unsere Zweisamkeit. Inzwischen hatten wir uns gut aufeinander eingestellt, sodass auch das Zusammenleben sehr harmonisch verlief.

Die Menge an Kleidung, die ich in seiner Wohnung hatte, war in Bezug auf die Oberbekleidung enorm angewachsen, aber dafür hatte ich kaum Slips oder Shorts bei ihm gelagert. Was vollkommen fehlte, war Nachtwäsche – wir schliefen beide grundsätzlich nackt.

Nachdem wir unser geheimes Zusammenleben schon fünf Monate praktiziert hatten, kam der Tag, der alles verändern sollte. Angefangen hatte er als ganz normaler Tag. Jürgen und ich waren wie gewohnt zur Arbeit gefahren und hatten uns am Nachmittag in seiner Wohnung getroffen.

Kaum war die Haustür ins Schloss gefallen, klebten unsere Lippen bereits aufeinander. Während wir uns leidenschaftlich küssten, wanderten wir langsam Richtung Schlafzimmer. Dort schälten wir uns rasch aus der Kleidung und ließen uns auf das Bett fallen. Dort wurden die Zärtlichkeiten rasch leidenschaftlich wild. Die Luft vibrierte von Ekstase und Lust.

Gerade als mich Jürgen nehmen wollte, wurde plötzlich die Tür des Schlafzimmers aufgerissen. Entsetzt starrte ich den Fremden an. Auch Jürgen erstarrte, aber zu meiner Überraschung stammelte er: „Heiko?"

„Ihr – ihr kennt euch?" Vor Verblüffung vergaß ich, meine Nacktheit zu bedecken.

„J – ja."

Wütend sah der Fremde von mir zu Jürgen und zurück.

Schließlich erhob sich Jürgen und ging auf ihn zu. „Schön, dich zu sehen!" Er machte dabei Anstalten, den Kerl zu umarmen.

„Wer ist das?", fragte ich.

Jetzt ergriff der Fremde erstmals das Wort. In ziemlich wütendem Tonfall herrschte er mich an: „Wer bist du, das wäre die richtige Frage!"

„Ich – ich bin Michael."

Nun ließ sich Jürgen vernehmen: „Also, Michael, das ich Heiko."

„Und wieso platzt er in unser Schlafzimmer?"

Heiko explodierte: „Dein Schlafzimmer? Du Schwein liegst in meinem Bett und wagst es, von deinem Schlafzimmer zu sprechen?"

Er machte einen Schritt auf mich zu. Zum Glück trat ihm Jürgen in den Weg und hielt ihn zurück: „Heiko, ich – Michael übernachtet immer mal wieder bei mir."

Übernachten? Wir sind ein Paar, da ist das doch mehr als nur ‚Übernachten‘, oder?", schrie ich. Der erste Schreck war inzwischen der Verwunderung gewichen, die nun aber in Wut umschlug.

Heiko war nicht weniger erbost: „Du bist sein Freund? Elender Ehebrecher -Jürgen ist mein Mann!" Damit wollte er wieder auf mich losgehen, aber Jürgen konnte ihn abermals beschwichtigen.

„Dein Mann?" Jetzt war ich verblüfft. Ich fixierte Jürgen mit den Augen: „Du hast nie gesagt, dass du verheiratet bist!"

„Ja, stimmt – aber wir waren längere Zeit getrennt und es sah nach Scheidung aus", gab er kleinlaut zurück.

„Warum hat der Typ einen Schlüssel für deine Wohnung, wenn ihr getrennt seid?"

„Ich gebe dir gleich ‚Typ‘, du dreckige Sau! Verdammter Ehebrecher!" Er machte den Eindruck, als wollte er mich ungespitzt in den Boden rammen. Von der Körperstatur her hätte er das wohl auch gekonnt.

„Jürgen, was geht hier vor?", schrie ich hysterisch.

„Äh – ich habe Heiko – nun ja, also neulich durch Zufall getroffen."

„Und?", insistierte ich.

Jetzt giftete mich Heiko an: „Wir haben uns ausgesprochen und mein Mann hat vorgeschlagen, dass ich mal vorbeikommen solle. Ich dachte, dass wir uns versöhnen könnten, aber stattdessen", jetzt wandte er sich direkt an Jürgen, „stattdessen fickst du diesen Stricher!"

„He, ich bin kein..."

„Halt dein dämliches Maul oder es setzt was!"

Hilfesuchend schaute ich auf Jürgen und fiepte kleinlaut: „Schatz?"

Jetzt flippte Heiko aus: „Dir gebe ich ‚Schatz', du Sau!" Damit schob er den hilflos wirkenden Jürgen zur Seite, stürmte auf mich zu und packte derbe meinen Arm.

„Aua!"

„Halts Maul oder es setzt was!"

Rüde zerrte er mich aus dem Bett und zog mich zur Zimmertür. Körperlich war ich ihm unterlegen, aber ich leistete so gut es ging Widerstand. Verhindern konnte ich meine zwangsweise Entfernung aus dem Zimmer nicht, aber immerhin konnte ich meine Hose und das Oberhemd greifen.

Im nächsten Moment hatte aber wieder Heiko die Oberhand. Geradezu brutal zerrte er mich jetzt zur Haustür und schob mich einfach hinaus. Dort erst ließ er mich los.

Verblüfft drehte ich mich zur Tür, die genau in diesem Moment vor meiner Nase zuschlug.

Nun stand ich sprachlos vor der Tür. Es dauerte etwas, bis ich begriff, dass Jürgen verheiratet war und mich sein Mann eben aus der Wohnung geworfen hatte.

Plötzlich wurde mir siedend heiß bewusst, dass ich ja vollkommen nackt vor der Haustür stand! Erschrocken schaute ich rasch die Straße entlang, aber es war niemand zu sehen. Ob allerdings in den Häusern auf der gegenüberliegenden Straßenseite jemand hinter der Gardine stand, konnte ich nicht erkennen.

Schnell trat ich hinter einen kleinen Busch im Vorgarten und zog eilig die Hose an. Dann folgte ebenso rasch das Hemd – und das war es auch schon, denn mehr hatte ich in der turbulenten Situation nicht greifen können. Gut, Slip und Socken waren entbehrlich, aber meine Schuhe hätte ich gerne gehabt.

Es kostete mich viel Überwindung, auf den Klingelknopf zu drücken.

Wie befürchtet erschien Heiko in der Tür.

„Was?", blaffte er.

„Bitte – meine restlichen Sachen…"

„Scher dich zum Teufel, du Sau!"

Damit knallte die Haustür ein weiteres Mal vor meiner Nase zu.

Wie in Trance trat ich den Rückzug an. Zu meinem großen Glück waren sowohl der Autoschlüssel als auch der Schlüssel zu meiner eigenen Wohnung in der Hosentasche. Erleichtert atmete ich auf.

Als ich im Auto saß, startete ich unbewusst den Motor und fuhr los. Ich wusste hinterher nicht, wie ich zu meiner Wohnung gekommen war, da jegliche Erinnerung an die Fahrt fehlte.

Im Schutze meiner eigenen Wohnung taumelte ich ins Schlafzimmer und warf mich auf das Bett. Dann heulte ich die ganze Nacht meinen Kummer ins Kopfkissen.

Das Ende der Beziehung

Am nächsten Morgen meldete ich mich im Büro krank.

„Du klingst überhaupt nicht gut!", meinte mein Abteilungsleiter, „Wenn du willst, kannst du auch morgen zu Hause bleiben."

Dankbar nahm ich sein Angebot an.

„Brauchst du irgendwas?"

„Nein, danke", erwiderte ich und konnte nur mühsam ein Schluchzen unterdrücken. Natürlich brauchte ich etwas, nämlich Liebe und Zärtlichkeit, aber genau das hatte ich beides am Vortag verloren. Kein Chef der Welt würde es ersetzen oder den Schmerz lindern können!

„Na gut, dann gute Besserung!" Damit war die Verbindung unterbrochen und ich mit meinem Weltschmerz alleine.

In der nächsten Stunde wanderte ich in meiner Wohnung ziellos hin und her. Dann packte mich eine unbändige Wut und ich suchte alle Wäschestücke zusammen, die ich jemals in Jürgens Wohnung getragen hatte. Ich glaubte, immer noch den Duft seines Rasierwassers daran wahrzunehmen, und genau das ertrug ich nicht. Von dieser aktiven Handlung abgesehen, gab ich mich den Rest des Tages dem Weltschmerz hin. Dabei rollten einmal mehr die Tränen.

Am späten Nachmittag klingelte es an meiner Haustür. Ich wollte niemanden sehen, aber der Besucher war hartnäckig. Also ging ich schließlich genervt zur Tür und öffnete. Vor mir stand ein verlegen dreinblickender Jürgen mit einem Karton und einem großen Plastiksack. Beim Anblick meines Exfreundes verkrampfte sich mein Herz.

„Hallo Micha", lächelte er gezwungen fröhlich.

„Was willst du?", fragte ich so barsch wie möglich. Er sollte auf gar keinen Fall merken, wie sehr mich unsere Trennung schmerzte und ich ihn vermisste.

„Ich – ich bringe dir deine Sachen."

„Okay."

„Also – fast alle, denn deine Unterwäsche hat Heiko – nun, er hat sie – also, er hat sie gestern Abend im Garten verbrannt."

In meinem Gesicht regte sich kein Muskel, zumindest hoffte ich das.

Jürgen deutete meinen Blick anders, denn er fügte hastig hinzu: „Ich – wir bezahlen natürlich alles!"

„Du bist also mit Heiko verheiratet, ja?", wechselte ich abrupt das Thema.

Er druckste etwas herum, bevor er schließlich nickte.

„Warum hast du das nie erwähnt?"

„Äh – können wir das drinnen besprechen?"

„Nein!"

„Ich kann dir das alles erklären!"

„Da bin ich gespannt!"

„Ja, gut, wir sind verheiratet. Vor etwa einem Jahr hatten wir aber einen fürchterlichen Krach gehabt. Die ganze Situation war irgendwie verfahren, also haben wir beschlossen, eine Zeitlang getrennter Wege zu gehen. Neulich haben wir uns durch Zufall in der Stadt getroffen und uns ausgesprochen. Ich habe ihm gesagt, dass er vorbeikommen solle, damit wir alles Weitere besprechen können. Natürlich hatte ich dabei die Scheidung im Sinn – und nicht daran gedacht, dass er noch einen Schlüssel hat. Hätte er geklingelt, wäre sicher alles ganz anders gekommen!"

„Ihr habt euch also in der Stadt getroffen?"

„Ja, aber wirklich rein zufällig!"

In meinem Kopf überschlugen sich die Gedanken.

„Wann wolltest du mir all das sagen?"

„Dass ich verheiratet bin?"

„Dass du verheiratet bist, dass du deinen Mann getroffen und dich mit ihm verabredet hast, dass er einen Schlüssel von deiner Haustür hat – einfach alles!"

„Ich – ich habe auf den richtigen Moment gewartet."

„Na, der war dann ja sehr passend!", kommentierte ich bissig.

„Stimmt, das ist alles sehr unglücklich gelaufen."

„Unglücklich gelaufen?", äffte ich ihn verächtlich nach, „Dein Mann hat mich nackt aus dem Haus geworfen! Ich bin noch nie, nie in meinem ganzen Leben so gedemütigt worden!" Den letzten Satz schrie ich beinahe und spürte, wie mir wieder die Tränen kamen.

„Ja, das war nicht in Ordnung", räumte Jürgen ein, „ich habe Heiko deshalb auch große Vorwürfe gemacht."

„Ja, na klar – und das soll ich dir jetzt glauben, ja? Ist das wirklich dein Ernst?"

So war es aber!"

„Ja, ja, schon gut." Ich riss ihm den Karton aus der Hand und nahm den Plastiksack mit meinen restlichen Sachen an mich.

„Micha, bitte, du musst mir glauben!"

„Glauben? Ich glaube, dass du nur mit mir gespielt hast! Ich glaube, dass du wieder mit diesem – diesem Arschloch zusammen sein willst und ich für dich ein netter Zeitvertreib während eurer Trennung war! Falls die Geschichte überhaupt stimmen sollte, denn vielleicht hat es euch ja so richtig aufgegeilt, mich so demütigen!"

„Nein, so war das nicht!"

„Wie dem auch sei: Ich wünsche dir viel Spaß mit deinem Mann. Hoffentlich kriegt ihr vom Küssen richtig fiese Herpes!"

„Äh – meinst du nicht, dass wir es nochmal versuchen könnten?"

„Damit mich dein Affe von Mann bei nächster Gelegenheit wieder rauswerfen kann? Damit es dann vielleicht sogar die Nachbarn mitbekommen?"

„Wenn du willst, wird sich Heiko bei dir entschuldigen!"

„Der Scheißkerl kann mich mal kreuzweise!"

„Aber…"

„Ich wünsche euch alles Unglück dieser Welt!" Damit schlug ich ihm die Tür vor der Nase zu.

Jürgen musste noch unschlüssig vor der Wohnungstür gestanden haben, denn es dauerte einige Zeit, bis ich ihn vom Fenster aus auf der

Straße sah. Er stieg in sein Auto und fuhr weg. Immerhin war er alleine gekommen.

Obwohl es gut getan hatte, ihm die Meinung ins Gesicht sagen zu können, fühlte ich mich nun total schlecht! Alles war so schön mit ihm gewesen – warum nur hatte er mir nichts von Heiko gesagt? Die Tatsache, dass die beiden verheiratet waren, wäre vielleicht ein Schock gewesen, aber ich hätte das verkraftet. Vor allem, wenn Jürgen zu mir gestanden hätte, aber das war nicht der Fall gewesen! So, wie sich Heiko aufgeführt hatte, schien er noch immer in Jürgen verliebt zu sein – und der wirkte auf mich so, als wäre er auch noch nicht von seinem Mann losgekommen.

Ich redete mir ein, dass die Trennung zwar verdammt unschön war, aber es auf Dauer die beste Lösung für alle sein würde. Schade, denn ich war so glücklich gewesen – und Jürgen wirkte auch so herrlich entspannt und gelöst in meinen Armen! Nun also hatten sich Heiko und Jürgen wieder, während ich alleine war. Jürgens Geheimniskrämerei hatte alles zerstört!

Ich war am Boden zerstört. Im Keller stand noch eine Flasche Wodka als Restbestand von irgendeiner Feier herum – daran bediente ich mich. Auf ein Glas verzichtete ich und trank gleich aus der Flasche – an diesem Abend ließ ich mich volllaufen. Nur gut, dass mir mein Chef auch den nächsten Tag freigegeben hatte! Mit dem Kater hätte ich unmöglich arbeiten können!

Einladung zur Hochzeitsfeier

Als ich endlich wieder bei der Arbeit erschien, sahen mir alle gleich an, dass ich emotional angeschlagen war. Sofort machten Gerüchte die Runde, und irgendwann bestätigte ich, dass meine Beziehung beendet war. Zum Glück stellte daraufhin niemand Fragen oder machte Sprüche – selbst Rainer und Sven nicht, die manchmal die Sensibilität eines Ambosses hatten. Ich war ihnen für ihr Schweigen sehr, sehr dankbar!

Während der nächsten Wochen verflog meine Niedergeschlagenheit ganz, ganz langsam. Für die Kolleginnen und Kollegen war mein Liebesleben uninteressant geworden, sodass sie sich lohnenderen Themen zuwandten.

Dann, an einem Montagmorgen, gab es plötzlich etwas Besonderes. Kollegin Lara rief uns allen zu: „He, Leute, kommt mal her!"

Der euphorische Ton in ihrer Stimme ließ natürlich alle sofort herbeieilen.

„Ihr werdet es nicht glauben, aber Bernd hat mir einen Heiratsantrag gemacht! Wir werden heiraten!!!"

Ob sie noch etwas hinzugefügt hatte, wusste

ich nicht. Falls ja, war es in dem einsetzenden Jubel und den Umarmungen untergegangen. Mir kam diese überschwängliche Euphorie zwar reichlich übertrieben vor, aber wegen des Gruppenzwangs äußerte ich mich ebenfalls überaus positiv zu dieser Nachricht – auch wenn mir innerlich zum Heulen war. Immerhin schien jeder den zu ihm passenden Partner zu finden, nur mir war dieses Glück nicht vergönnt.

Nachdem endlich etwas Ruhe eingekehrt war, ließ sich wieder Laras Stimme vernehmen: „Ihr müsst unbedingt alle zu meiner Hochzeit kommen! Ihr seid ganz herzlich eingeladen!"

Wieder brandete ohrenbetäubender Jubel auf! Natürlich machte ich auch dabei wieder mit, um nicht als Spielverderber dazustehen. Innerlich machte sich aber keine Freude breit. Natürlich war Lara eine sehr sympathische junge Frau, die auch immer sehr nett zu mir war, sodass ich ihr das persönliche Glück von ganzem Herzen gönnte. Allerdings behagte mir der Gedanke, bei einer Hochzeit mit überbordend guter Stimmung anwesend sein zu müssen, überhaupt nicht. Ich fühlte mich einsam, traurig und immer noch von Jürgen benutzt, was mich sehr verletzte. Hinzu kam, dass es angesichts der vielen Vereinsmitgliedschaften und der Beliebtheit von Lara und ihrem zukünftigen Ehemann mit Sicherheit eine große Feier geben würde, bei der man außer den Kollegen niemanden kennen würde. Das bedeutete, dass man mit den gleichen Leuten, die man täglich im Büro sah, an einem Tisch sitzen und die ganze Feier miteinander verbringen würde. In meinem Gemütszustand sehnte ich mich nach Ruhe, und da war das keine schöne Aussicht!

Natürlich würde, wie bei allen Hochzeiten, auch getanzt werden. Darauf würden meine Kolleginnen garantiert bestehen, und angesichts des deutlichen Frauenüberschusses in unserer Abteilung war klar, dass wir Männer dann im Dauereinsatz sein würden. Rainer und Sven hatten wohl den gleichen Gedanken gehabt, denn im Flüsterton diskutierten sie bereits, wer von ihnen welche Kollegin nach ein paar Tänzen abschleppen würde.

Mir waren diese Gedanken fremd, denn – ich konnte nicht tanzen. Zwar hatte ich es in meiner Jugend mal versucht, aber die Tanzstunden waren für mich ein Desaster: Die meisten Jungen hatten ihre feste Freundin dabei und ließen niemanden mit ihr tanzen. War man wie ich ohne Freundin dort, hatte man also keine Tanzpartnerin. Dafür gab es einen Überschuss an Jungen, aber keiner von denen wollte mit einem anderen tanzen. Bevor ich zaghaft fragen konnte, ob es nicht doch möglich wäre, machte bereits der Tanzlehrer diesen Vorschlag - die daraufhin einsetzende Entrüstung ließ keine Umsetzung zu, und ich verzichtete vorsichtshalber auch auf eine entsprechende Frage an einen der anderen Jungen.

Später hätte ich vielleicht Tanzen lernen können, aber es hieß, dass der Mann führen müsse. Nun bin ich zwar ein Mann, aber ich habe auch eine sehr ausgeprägte weibliche Seite in mir – und die wollte lieber geführt werden. Leider gab es keine Tanzkurse für homosexuelle Singlemänner, und so konnte ich mit meinen zwanzig Lebensjahren immer noch nicht tanzen. Was bislang auch nicht schlimm war, denn in den Clubs, die ich von Zeit zu Zeit besuchte, machte jeder für sich alleine die Schritte, die er für richtig hielt. Für Standard- oder Lateintänze war da kein Platz. Nur bei großen Ereignissen wie eben einer Hochzeit im Kollegenkreis wären Kenntnisse von Tänzen und deren Schrittfolgen überaus sinnvoll. Aber in der kurzen Zeit bis zu Laras Hochzeit würde es mir unmöglich sein, entsprechende

Grundkenntnisse zu erwerben – immerhin sollte die Hochzeit schon in vierzehn Tagen stattfinden. Mich wunderte, wie das Paar so schnell alles organisieren wollte, wenn der Antrag von Laras Freund für sie unerwartet gekommen war. Immerhin plante man so etwas doch zusammen, oder?

Prompt hakte eine Kollegin bei Lara nach: „Warum denn so schnell? Bist du schwanger?"

Gebannt hingen alle an Laras Lippen, die mit einem Lachen verneinte, bevor sie schelmisch hinzufügte: „Zumindest jetzt noch nicht!"

„Aber warum dann diese Eile?"

„Ach, wir haben schon länger davon geredet und nur so zum Spaß ein paar Pläne geschmiedet…"

„Nur so um Spaß? Ihr habt nur so zum Spaß eure Hochzeit geplant? Das ist ja total abgefahren!" Kollegin Sabine war geradezu hingerissen.

„Na ja", fuhr Lara fort, „es war, wie gesagt, eigentlich ein Spaß, aber dann kam eines zum anderen und am Ende war praktisch alles fertig – zumindest in Gedanken."

„Total irre, einfach klasse!", verlieh Sabine ihrer Begeisterung erneut Ausdruck.

Lara ließ sich von der Lebhaftigkeit ihrer Kollegin nicht anstecken: „Jedenfalls hielten wir es dann für eine gute Idee, Taten folgen zu lassen. Als erstes haben wir es unseren Eltern erzählt. Die waren ebenfalls sehr angetan, also hat mir Bernd einen Heiratsantrag gemacht."

„Warum hast du denn nie etwas von euren Plänen erzählt?"

„Na, weil es doch am Anfang nicht ernst gemeint war! Das kam doch erst später."

„Ihr Geheimniskrämer! Auch wenn alles nur ein Spaß war, hätte uns das doch brennend interessiert."

Rainer raunte mir ins Ohr: „Kann mir gut vorstellen, dass die das interessiert hätte – am Ende hätten unsere Büroweiber die Hochzeit von Lara und Bernd geplant und die beiden wären nur noch Statisten gewesen."

Lara argumentierte jedoch anders: „Hätten wir es zu früh jemandem verraten, hätte es sich schnell herumsprechen können. Dann hätte es mit Sicherheit auch unsere Verwandtschaft mitbekommen, sodass sich die Onkel und Tanten eingemischt hätten. Das wäre eine Katastrophe geworden, weil alle ihre eigenen Vorstellungen von einer gelungenen Hochzeit haben – und das sind andere Ideen als wir sie haben."

Die verheirateten Damen der Abteilung nickten heftig. Offensichtlich hatten sie selber entsprechende Erfahrungen machen müssen.

„Also haben wir alles vorbereitet und sprechen jetzt die Einladungen aus. Wie eben an euch!"

Sofort brandete wieder lauter Jubel auf. Bei mir dagegen nahm das flaue Gefühl in der Magengegend rasant zu. Angesichts der Kurzfristigkeit würde ich wohl kaum noch einen wichtigen Termin vorschützen können, um der Feier entgehen zu können. In Gedanken sah ich mich schon den ganzen Abend an der Bar stehen und die tanzwütigen Kolleginnen abwehren – das würde im Büro garantiert zu wochenlangen Unmutsbekundungen und Lästereien über mich führen! Da ich ohnehin der eher schüchterne Typ war, hatte ich ohnehin schon eine Außenseiterrolle inne, aber nach der Hochzeitsfeier würde ich wohl für lange Zeit unten durch sein.

Ich wurde jäh aus meinen Gedanken gerissen, als mir jemand kameradschaftlich auf die Schulter schlug.

„Na, Micha, welche Kollegin wirst du bei der Feier ins Visier nehmen?"

Als ich mich umdrehte, stand Sven vor mir.

„Äh, ich – also, ich weiß es nicht", stammelte

ich.

„Ah, du willst dir wohl alle Türen offenhalten, was? Kein Problem, mein Junge, aber Hände weg von Martina – die gehört mir!" Er wollte sich gerade wegdrehen, fügte dann aber noch in meine Richtung hinzu: „Noch ein Tipp: Hände weg von Daniela, die will nämlich Rainer endlich abschleppen." Dabei zwinkerte er mir verschwörerisch zu.

Ich murmelte etwas Unverständliches als Antwort, und zu meiner Überraschung gab sich der Kollege damit zufrieden. Meine Vermutung, dass Sven und Rainer die Frauen in unserer Abteilung bereits unter sich aufgeteilt hatten, war also richtig gewesen. Ich war dabei außen vor, aber sie hatten mich nicht vergessen: „Du kannst Birgit haben – die soll ein richtig heißer Feger sein! Genau das richtige für so einen schüchternen Jungen wie dich – und sie wird dir mit Sicherheit die Trauer um deine Verflossene aus dem Leib ficken!"

Leise murmelte ich „Danke!" und spürte, wie Schamesröte mein Gesicht überzog. Zum Glück bemerkten es weder Sven noch der etwas abseits stehende Rainer, denn sonst hätte es sicher reichlich Spott gehagelt. Woher sollten sie aber auch wissen, dass mich Birgits erotische Künste nicht interessierten? Die Aussicht, dass die Kollegin bei der bevorstehenden Hochzeitsfeier mit mir Sex haben wollte, verstärkte das mulmige Gefühl in meiner Magengegend um ein Vielfaches.!

Den Rest des Tages war an Arbeiten kaum noch zu denken. Überall wurde von Laras Hochzeit gesprochen und heiß diskutiert, welches Geschenk unsere Abteilung zur Feier mitbringen könnte. Ich stand notgedrungen dabei, hielt mich aber ansonsten aus der Diskussion heraus. In Gedanken beschäftigte ich mich immerzu mit der Frage, wie ich mich doch noch vor der Feier drücken konnte.

Ganz anders Rainer und Sven: Sie machten einen Vorschlag nach dem anderen! Sobald aber Martina oder Daniela etwas vorschlugen, gaben sie ihre eigenen Ideen auf und stimmten der jeweiligen Frau begeistert zu. Das Abstecken der Claims war also abgeschlossen und sie waren ganz offensichtlich zur zweiten Phase übergegangen, der Vereinnahmung ihrer Zielobjekte für sich. Wenn ihre Rechnung aufgehen sollte, hätten sie nach ihrer Meinung bei der Feier leichtes Spiel mit der Verführung der beiden Frauen. Es war interessant, dieses Verhalten zu beobachten, aber zugleich stieß es mich ab. Umso erstaunter war ich, mit welcher Bereitwilligkeit die beiden Kolleginnen dieses Spiel mitmachten!

Die Zeit bis zur Hochzeit

Während der beiden Wochen bis zum Termin der Feier suchte ich fieberhaft nach einer Möglichkeit, um meinem drohenden Desaster doch noch entkommen zu können. Leider wollte mir partout nichts einfallen! Also entschloss ich mich notgedrungen zum Kauf eines dunkelblauen Anzugs, eines weißen Hemds und einer passenden Krawatte.

Je näher der Termin rückte, desto nervöser wurde ich. Daran waren meine beiden Kollegen nicht ganz unschuldig, denn immer wieder zeigten sie diskret auf Birgit und raunten mir zu: „Na los, sprich sie an! Zeig ihr dein Interesse und dass du bei Laras Hochzeit unbedingt mit ihr tanzen willst!"

„Aber – ich kann sie doch nicht einfach so anflirten!"

„Warum denn nicht? So funktioniert nun mal ein Flirt. Such dir irgendeinen Grund, um mit ihr ein Gespräch zu beginnen! Nimm meinetwegen das Wetter, aber sprich sie an und zeig ihr auf diesem Wege dein Interesse! Dann hast du es bei der Feier leichter, ihr an die Wäsche zu gehen."

„Aber – das geht doch nicht, Birgit hat schließlich einen Freund", wagte ich einzuwenden. Tatsächlich war ich mir dessen nicht sicher, aber ich meinte, dass sie mal etwas in dieser Art erwähnt hatte.

An den rollenden Augen meiner beiden Kollegen konnte ich sofort erkennen, dass für sie ein Partner kein Hinderungsgrund sein würde, um eine Frau anzubaggern.

„Mensch, Michael, denk doch mal nach: Wir sind als Arbeitskollegen bei der Feier, nicht als Freunde! Das heißt im Klartext, dass niemand von unseren Schnecken ihren Mann dabei haben wird! Wir gehen doch selber auch ohne unsere Frauen dorthin."

„Eure Frauen sind damit einverstanden?", fragte ich ungläubig-

„Ja, natürlich!", wurde ich sofort von Rainer aufgeklärt, „Das ist schließlich so etwas wie ein Firmenausflug, und bei denen sind sie ja auch nicht dabei."

„Ganz genau!", pflichtete ihm Sven bei, „Außerdem fließt bei solchen Feiern reichlich Alkohol, da geht es dann immer ganz schnell recht locker zu – es ist ja auch gewissermaßen eine geschlossene Gesellschaft. Da haben Ehepartner nichts zu suchen!"

„Ja, aber was ist nach der Feier?"

„Am anderen Morgen ist natürlich alles vergessen entweder wegen des vielen Alkohols oder wegen der Verschwiegenheitspflicht – was in der Firma passiert, bleibt in der Firma! Das ist ein eisernes Gesetz!", lachte Rainer.

Ich konnte es nicht fassen: „Es wird dann nicht mehr über die Ereignisse gesprochen?"

„Natürlich nicht", warf Sven ein, „schließlich will niemand wegen eines Flirts oder eines Gelegenheitsficks seine Ehe oder Beziehung riskieren!"

„Es sei denn, eine der Frauen will noch einen Nachschlag haben", ergänzte Rainer und rollte genüsslich mit den Augen.

„Also, Leute, ich weiß nicht", druckste ich herum. Die ganze Feier wurde mir langsam unheimlich.

„Hör zu, Micha, du musst jetzt langsam mal in die Gänge kommen und Birgit klarmachen! Bei der Feier können wir dir nicht helfen, weil wir uns um unsere eigenen Angeln kümmern müssen. Du verstehst schon!« Dabei zwinkerte mir Sven verschwörerisch zu.

Die Sache wurde mir immer unangenehmer. Die Aussicht, entweder durch Fernbleiben von der Feier zum Außenseiter im Büro zu werden oder zwecks Wahrung des Scheins mit einer Frau schlafen zu müssen, verursachte mir Übelkeit.

Genau wie mich das zunehmende Balzverhalten im Büro nervte! Es steigerte sich immer weiter, und am Ende verlief kaum ein Gespräch ohne schlecht verhüllte Flirterei. Nicht selten kam es auch zu mehr oder weniger offenen Anzüglichkeiten. Manchmal wünschte ich mir den Tag der Hochzeitsfeier sehnlichst herbei, denn danach würde dieses Verhalten laut meiner beiden Kollegen vorbei sein.

Derweil unternahm Birgit, wohl von Rainer und Sven animiert, ein paar Versuche, mich in ein Gespräch zu verwickeln. Dabei ließ sie auch das eine oder andere Kompliment einfließen, aber ihre Bemühungen verfingen bei mir nicht.

„Tut mir leid!", versuchte ich sie zu beschwichtigen, „Meine letzte Beziehung liegt mir noch zu sehr auf der Seele."

Ob sie meine Begründung glaubte, war nicht ersichtlich. Auf jeden Fall unternahm sie keinen weiteren Versuch, mit mir zu schäkern.

Rainer und Sven schienen dagegen an mir zu verzweifeln. Sie meinten es nur gut mit mir, und ich sabotierte alle ihre Bemühungen mit meinem

Desinteresse.

Mein Verhalten blieb auch den weiblichen Kollegen nicht verborgen. Schließlich wurden erste Spekulationen laut, dass ich vielleicht schwul sei – immerhin ignorierte ich eine Schönheit wie Birgit! Allerdings wurde diese Vermutung recht schnell vom Tisch gewischt, denn ich hatte doch gerade erst eine Beziehung mit einer verheirateten Frau hinter mir – damit kam es mir zugute, dass sie ihre eigenen Klatschgeschichten glaubten! Zudem, das war ein weiteres Argument, dass ich nicht schwul sein konnte war, dass ich nach einhelliger Meinung nicht wie ‚so ein Perverser‘ aussehen würde. Damit war klar, was mich im Falle eines Outings erwarten würde – soziales Abseits und Kälte im Büro. Um dem zumindest in nächster Zeit zu entgehen, zog ich es tatsächlich in Erwägung, doch noch mit Birgit zu flirten und, falls es bei der Feier tatsächlich in Richtung Sex laufen würde, als Entschuldigung für etwaige Erektionsprobleme Trunkenheit vorzuschieben.

Bei näherem Nachdenken verwarf ich den Gedanken jedoch rasch wieder, denn auf der Hochzeitsfeier einer Kollegin betrunken zu sein, würde mir wahrscheinlich auch sehr negativ ausgelegt werden. Weniger von Rainer und Sven, aber von der geballten Damenwelt unserer Abteilung!

Noch während ich diesem Gedanken nachhing, tauchte bereits das nächste Problem auf: Wie bei solchen Gelegenheiten üblich, kam im Kollegenkreis das Thema Fahrgemeinschaft auf. Natürlich wollten viele bei der Feier ein paar Gläser Sekt trinken und danach nicht mehr selber fahren müssen. Ich versuchte, mich aus diesen Planungen herauszuhalten, denn wenn ich alleine fahren würde, konnte ich den Zeitpunkt meines Abganges frei bestimmen. Mit Beifahrern musste man sich immer absprechen, was aus Erfahrung zu Diskussionen führen würde. Die wollte ich unbedingt vermeiden, falls ich mich vorzeitig von der Feier wegstehlen konnte.

Meine Kollegen hatten aber schon wieder einen anderen Plan im Kopf: „Nimm doch Birgit mit", empfahl mir Rainer „dann könnt ihr es schon auf der Hinfahrt im Auto treiben. Spätestens aber auf der Rückfahrt, dann müsst ihr nicht bis zu ihrer Wohnung warten!"

Lautes Gelächter von Sven begleitete diese Worte.

„Lass gut sein", murmelte ich und fügte ein paar unverständliche Laute hinzu.

„Komm schon, Micha, so übel sieht sie doch gar nicht aus!"

„Ja, stimmt", nickte ich höflich, „aber vielleicht hat sie andere Pläne."

„Dann frag sie doch einfach! Vor allem aber: Melde dein Interesse an ihr an!"

„Hör mal, Rainer, lass mich die Sache auf meine Art managen, okay?"

Ein skeptischer Blick traf mich. Offensichtlich war mein Kollege nicht davon überzeugt, dass ich Birgit tatsächlich ohne seine Ratschläge ‚klar machen' konnte.

Während ich noch versuchte, dem leidigen Thema Fahrgemeinschaft auszuweichen, fasste ich in Sachen Feier einen Entschluss. Mein Plan sah vor, dass ich mich kurz vor der Eröffnung des Tanzes auf die Toilette zurückzuziehen und auf dem Rückweg an der Bar hängenbleiben würde. Sollte mich dort eine Frau ausfindig machen, konnte ich ihr meine fehlenden tänzerischen Fähigkeiten gestehen und würde sie zur Not zu einem Getränk einladen. Damit könnte ich dann vielleicht auch der Vermutung, schwul zu sein, entgegenwirken. Ich hoffte sehr, dass ich mit diesem Plan meinem persönlichen Desaster entgehen würde – und spekulierte darauf, dass

bei dem üblichen hohen Alkoholkonsum irgendwann niemand mehr wissen würde, ob und mit
wem ich getanzt hatte. Zugegeben, das war ein
ziemlich schwacher Plan, aber ich war jung und
unerfahren - mir fiel einfach nichts Besseres ein!

Der Tag der Hochzeitsfeier

Schließlich war der Tag der Hochzeit gekommen. Das Brautpaar nahm mit seiner Familie die Zeremonie im Standesamt wahr, während wir, die Kollegen, mit zahlreichen Freunden des Paares draußen warteten. Als die frisch Vermählten aus der Tür kamen, ging der übliche Konfettiregen nieder. Danach sollte eine kleine Feier im Familienkreis stattfinden. Wir übrigen waren für den frühen Abend in eine Gaststätte eingeladen, wo die große Feier mit Familie, Freunden und Kollegen stattfinden würde. Da diese etwas außerhalb am Rande eines Waldgebietes lag, mussten alle mit dem Auto fahren. Zum Glück hatte ich mich mit viel Mühe davor drücken können, jemanden mitzunehmen. Anfangs kam das zwar nicht gut an, aber plötzlich akzeptierten es alle. Ich vermutete, dass Rainer und Sven ihre Finger im Spiel hatten – wahrscheinlich hatten sie überall herumerzählt, dass ich jemanden von der Feier abschleppen wollte und deshalb keinen Mitfahrer gebrauchen konnte. Mir war es gleich, solange ich alleine fahren konnte und selber keine Begründung abzugeben brauchte.

Als es soweit war, machte ich mich rechtzeitig auf den Weg. Die Fahrt dauerte eine knappe halbe Stunde, und bis alle angekommen und insbesondere die Damen ihr Aussehen überprüft hatten, war es weit nach achtzehn Uhr.

Kaum saßen alle an den Tischen, wurde das Essen serviert. Es verlief in heiterer und ausgelassener Stimmung, immer wieder unterbrochen von launigen Reden über die Braut oder den Bräutigam. Dadurch zog sich alles in die Länge, aber mir war das ganz recht, denn während des Essens konnte es schließlich nicht zu Tanzaufforderungen kommen.

Während der Reden ließ ich meine Blicke immer wieder über die Anwesenden gleiten. Dabei fiel mir ein gutaussehender Mann in meinem Alter auf, der sehr bemüht war, seinen gelangweilten Gesichtsausdruck zu verbergen.

Auch er ließ seine Blicke durch den Raum schweifen und schien die Gäste zu begutachten. Als sich unsere Blicke trafen, verspürte ich ganz plötzlich ein flaues Gefühl in der Magengegend! Es war aber nicht so unangenehm wie die Gefühle der letzten Tage, sondern überaus angenehm! Der Mann sah aber auch einfach zu gut aus: Sein perfekt geschnittener Anzug betonte geschickt unauffällig seine sportliche Figur! Auch wenn der Stoff alles Wesentliche verhüllte, waren seine Muskeln deutlich zu ahnen! Bei seinem Anblick schämte ich mich, nicht ebenso sportlich zu sein.

Seine leicht gewellten, schwarzen Haare passten perfekt zu seinem symmetrisch geschnittenen Gesicht, und eine kleine Tolle gab ihm einen neckisch-verspielten Ausdruck. Vor allem, weil sie ihm immer wieder ins Gesicht fiel und er sie genauso oft wieder wegschob.

Zwar ließ ich meinen Blick weiter durch den Raum gleiten, aber schnell kehrte er immer wieder zu dem Unbekannten zurück. Es war, als wenn mein Blick von ihm magisch angezogen wurde! Ich wäre gerne mit ihm ins Gespräch gekommen, aber leider saß er an einem ziemlich weit von mir entfernten Tisch. Vielleicht würde ich später eine Gelegenheit finden, um ihn anzusprechen – allerdings war er mit dem Aussehen bestimmt der Schwarm aller Frauen und würde dauerhaft auf der Tanzfläche beschäftigt sein.

Endlich war das Essen beendet und das Unvermeidliche geschah: Das Brautpaar eröffnete den Tanz! Sofort erhoben sich alle von den Plätzen und es entstand ein kleines Durcheinander. Das nutzte ich sofort aus, um mich zu den Toiletten zu begeben. Dort suchte ich eine Kabine auf und schloss mich ein. Der erste Teil meines Plans war mühelos aufgegangen!

Nun gibt es sicher gemütlichere Orte als eine Toilette, aber hier war ich zumindest vor Tanzaufforderungen sicher. Außerdem war ich fest davon überzeugt, dass Rainer und Sven alles getan hatten, um Birgit auf mich anzusetzen. Okay, die beiden meinten es nur gut, aber dennoch nervte mich ihre ,Fürsorge'! Inzwischen aber durften sie mit ihren eigenen Plänen beschäftigt sein und sollten keine Zeit mehr für mich haben.

Nach etwa einer Viertelstunde verließ ich die Toilette und erreichte unbehelligt die Bar.

„Ein Mineralwasser, bitte!"

Der Barmann sah mich erstaunt an.

„Ich muss noch fahren", schob ich erklärend nach.

Er zuckte mit den Schultern und stellte schweigend das Getränk vor mir ab.

Dafür erklang neben mir plötzlich eine männliche Stimme: „Na, bist du auch vor den tanzwütigen Frauen an die Bar geflüchtet?"

Ich drehte mich zur Seite - und erstarrte augenblicklich! Neben mir stand doch tatsächlich der gutaussehende Sportler mit dem leicht gewellten Haar!

Fieberhaft überlegte ich, was ich antworten könnte, aber auf die Schnelle fiel mir nichts Geistreiches ein. Also gab ich eine wenig originelle Antwort: „Äh – nein, ich – ich mache gerade eine Pause."

Ein leises Lachen kommentierte meine Antwort.

„Hast du auf der Toilette getanzt?"

Als ich ihn erstaunt ansah, fügte er leise hinzu: „Ich habe zufällig gesehen, wie du aus der Richtung gekommen bist."

Verlegen murmelte ich etwas Unverständliches. Das schien für mich so langsam zur Normalität zu gehören.

„Übrigens: Ich heiße Mark." Er hielt mir die Hand hin.

„Und ich heiße Michael, aber gewöhnlich werde ich ,Micha' genannt." Beinahe ehrfürchtig ergriff ich die angebotene Hand und schüttelte sie. Dabei durchfuhren wohlige Schauer meinen Körper! Ich glaubte, tausende von Schmetterlingen in meinem Bauch zu spüren!

„Na dann!" Auffordernd hielt er mir sein Bierglas hin und wir stießen an.

„Zu welcher Seite gehörst du, Braut oder Bräutigam?"

„Ich bin ein Arbeitskollege der Braut. Und du?"

„Ich bin ein Bruder der Braut."

Jetzt erinnerte ich mich, dass Lara mal zwei Brüder erwähnt hatte. Einer davon war also Mark – darauf wäre ich nicht gekommen, denn er hatte nicht am Tisch der Familie gesessen, sondern ziemlich weit davon entfernt.

Mir lag schon eine entsprechende Frage auf der Zunge, aber er war schneller mit Reden: „Ach ja, ich sollte dich warnen", fing er an, „es ist nicht gut für dich, mit mir zusammen gesehen zu werden!"

„Warum?", fragte ich perplex, „Weil ich verhindere, dass die Damen dich auf die Tanzfläche entführen können?"

Wieder ließ er sein leises Lachen hören. Es klang wunderschön und passte zu seiner Aura. In diesem Moment wurde mir klar, dass ich in ihn verliebt war!

„Nein, keine Sorge, mit mir will niemand tanzen. Nicht einmal sprechen." In seiner Stimme schwang viel Wehmut mit.

Vor Schreck verschluckte ich mich beinahe an meinem Mineralwasser.

„Wie, keiner redet mit dir?"

„Ganz einfach: Ich bin das schwarze Schaf der

Familie."

Erstaunt musterte ich ihn nun genauer. Was ich sah, verstärkte meinen positiven Eindruck – und die Schmetterlinge in meinem Bauch flogen munter kreuz und quer.

Schließlich stammelte ich: „Was ist denn passiert?"

„Wollen wir lieber diskret nach draußen gehen? Ein paar von meinen Leuten sehen schon fragend zu uns rüber."

Die Aussicht, mit diesem Traummann alleine am Waldrand zu sein, ließ mein Herz vor Freude springen – und nicht nur mein Herz reagierte bei dieser Aussicht mit großer Heftigkeit!

Natürlich stimmte ich sofort zu.

„Okay", meinte er, „dann geh da drüben zur Tür raus. Ich werde noch fünf Minuten bleiben und durch den Raum wandern, bevor ich nachkomme."

„Was soll diese Geheimniskrämerei?"

Jetzt sah er mir fest in die Augen. „Ich bin schwul und habe mich vor zwei Jahren geoutet, deshalb bin ich das schwarze Schaf der Familie. Wenn wir uns unterhalten, gerätst du auch schnell in den Verdacht, schwul zu sein – und wer weiß, welcher deiner Kollegen das irgendwann gegen dich verwenden wird!"

Bei seinen ersten Worten verspürte ich ein unglaubliches Glücksgefühl – mein Traummann war schwul! Genau wie ich! Das passte perfekt!

Allerdings hatte er im Gegensatz zu mir den Mut gehabt, sich zu seiner Sexualität zu bekennen. Plötzlich kam ich mir ganz klein vor.

„He, alles gut?" Mark sah mich aufmerksam an. „Du bist jetzt schockiert, oder? Bestimmt willst du nicht mehr mit mir reden, aber das ist okay! Wirklich!"

„Nein, es ist – ist alles gut!", versichert ich rasch, „Lass uns draußen weiter reden!"

„Sicher?"

„Ganz sicher! Bitte, bitte, komm rasch nach!"

Ein Lächeln huschte über sein Gesicht. Dann wandten wir uns beide gleichzeitig zum Gehen, wenn auch in unterschiedliche Richtungen.

Auf dem Weg zum Ausgang hüpfte mein Herz vor Freude! Vor lauter Glücksgefühlen hätte ich um ein Haar Rainer und Sven übersehen. Zum Glück hatten sie mich nicht gesehen, weil sie von den beiden Frauen abgelenkt waren, die sie im Arm hielten. Sofort erkannte ich in ihnen die Kolleginnen Martina und Daniela. Also hatten meine beiden Kollegen inzwischen ihre Angeln eingeholt

– wie es weitergehen würde, konnte ich mir lebhaft vorstellen! Es schien, als würde die Gerüchteküche in Kürze ordentlich Material für den Flurfunk zusammenbrauen können!

Bevor mich einer von ihnen sehen konnte, gelang es mir im letzten Moment, hinter einem Kellner wegzutauchen, der gerade ein Tablett mit Getränken in den Saal bringen wollte. Dabei zwang ich mich zu größter Konzentration, um nicht durch einen Fehler oder eine unbedachte Handlung aufgehalten zu werden. Das Versteckspiel war nicht einfach, weil ich immerzu an Mark denken musste!

Endlich aber war es geschafft! Ich stand vor der angegebenen Tür und drückte die Klinke nach unten. Im nächsten Moment umfing mich warme Sommerluft. Sie wirkte überaus angenehm und wohltuend nach der abgestandenen Luft im Saal!

Jetzt hieß es warten, bis mein Traummann kommen würde. Vor lauter Aufregung wurde mir ganz schwindlig. Also trat ich etwas beiseite und lehnte mich an eine Wand. Mir war plötzlich ganz heiß, und am liebsten hätte ich mir die Krawatte vom Hals gerissen. Aber das ging natürlich nicht, denn wenn das jemand sehen würde, vermutete man bestimmt ein Unwohlsein. Als Folge hätte ich mit Sicherheit rasch eine Traube besorgter Menschen um mich herum. Dann konnte ich das Treffen mit Mark vergessen, aber das wollte ich auf keinen Fall riskieren. Also atmete ich mehrmals tief durch und wartete auf Mark! Mein Herz klopfte dabei so wild, dass ich es bis zu meinem Hals hinauf spüren konnte. Die Symptome waren eindeutig: Ich war verliebt!

Spaziergang im Park

Langsam wurde mir die Wartezeit zu lang, aber ich mochte mich nicht von der Stelle bewegen. Nicht auszudenken, wenn Mark aufgehalten worden war und sich einfach nur verspäten würde! Wenn er mich dann nicht am vereinbarten Treffpunkt antreffen würde, müsste er bei mir Desinteresse vermuten. Aber das genaue Gegenteil war ja der Fall!

Um nicht für alle Leute deutlich sichtbar vor der Tür zu stehen, trat ich etwas beiseite und lehnte mich im Schatten des Hauses an eine Wand. Nun war ich nicht gleich zu sehen, aber vorsichtshalber tat ich so, als würde mir die frische Luft guttun.

Dabei wurde mir mit jeder verstrichenen Minute klarer, dass ich bis über beide Ohren verliebt war! In Mark, einem mir völlig Fremden – der zudem auch noch der Bruder meiner Kollegin Lara war! Verrückt, wie klein doch die Welt war!

Natürlich machte ich mir auch Sorgen, denn was wäre, wenn Mark einen Freund hatte? Womöglich sogar einen Ehemann wie mein Exfreund Jürgen? Im Grunde wusste ich ja nichts über Mark, außer dass er verdammt gut aussah, sehr nett war und ich ihn am liebsten küssen wollte!

Endlich, nach einer gefühlten Ewigkeit, kam mein Traummann durch die Tür. Suchend sah er sich um. Sofort löste ich mich aus dem Schatten der Hauswand und trat auf ihn zu. Sein Gesicht hellte sich bei meinem Anblick auf.

„Du bist also tatsächlich gekommen!", stellte er freudig fest, „Hast du keine Angst vor dem Getratsche der Leute? Immerhin sind etliche Deiner Kolleginnen und Kollegen hier!"

„Ich vertraue der Wirkung des Alkohols und ihrer Hormone – beides zusammen ist eine Mischung, die sie reichlich beschäftigen dürfte."

Wieder ließ er sein mir schon bekanntes Lachen hören, aber dieses Mal war es etwas lauter als an der Bar. Dann fügte er immer noch glucksend hinzu: „Ja, bei solchen Feiern wird gerne über die Stränge geschlagen."

Ich schaute ihm tief in die Augen und glaubte, darin zu versinken.

Mark musste spüren, was ihn mir vorging, denn er meinte leise: „Wollen wir ein paar Meter gehen?"

Natürlich wollte ich, und insgeheim hatte ich auch darauf gehofft! Als er nun aber das Angebot aussprach, verschlug es mir die Sprache, sodass ich bloß nickte.

Langsam schlenderten wir in den Garten, der von seinen Ausmaßen eher einem kleinen Park ähnelte und an den Wald grenzte.

Während wir uns langsam vom Haus entfernten und von dichtem Buschwerk verdeckt wurden, plauderten wir über die Schönheit der Natur und ganz allgemein über die Freuden des Lebens.

Plötzlich blieb Mark stehen. In seinen Augen konnte ich die Glut der Liebe erkennen, wie er sie bestimmt auch bei mir bemerken konnte. Plötzlich fragte er mich: „Du bist auch schwul, oder?"

„Ja."

„Hast du einen Freund?"

„Nein, leider nicht."

„Wie kommt das denn?", staunte er, „Du bist doch eine richtige Sahneschnitte."

„Na ja", gab ich gedehnt zurück, „"zum einen bin ich nicht geoutet, und zum anderen habe ich gerade eine Trennung hinter mir." In kurzen Worten erzählte ich ihm von Jürgen, dem plötzlichen Auftauchen seines Mannes und von meinem demütigenden Rauswurf.

„Oh, das ist verdammt bitter!"

Ich nickte, bevor ich meinen ganzen Mut zusammennahm und ihm betont beiläufig die entscheidende Frage stellte: „Und was ist mit dir?"

„Nun, ich bin geoutet und deshalb von meiner Familie geächtet."

„Auch von Lara?"

„Nein, nicht wirklich. Sie ist die einzige, die mit mir Kontakt hält und mich über den Familientratsch auf dem Laufenden hält. Aber natürlich will sie es sich nicht mit der Familie verderben und gibt sich deshalb bedeckt."

Ich nickte verstehend.

„Lara ist eine unglaublich nette Kollegin, immer zu allen nett, freundlich und hilfsbereit."

Ja, sie ist eine tolle Schwester."

„Und – äh – wie ist das so als geouteter Mann? Du kannst dich ja ganz frei in homosexuellen Kreisen bewegen und bekommst bestimmt viele Angebote von tollen Typen, oder?"

Ich wagte nicht, ihn bei dieser Frage anzusehen, aber natürlich fieberte ich seiner Antwort entgegen.

„Ja", sinnierte er, „Angebote gibt es viele, aber die meisten wollen nur Sex ohne jegliche Gefühle. Das ist nicht so mein Ding, ich mag es lieber romantisch." Er blieb stehen und sah mir ins

Gesicht, das vor Aufregung bestimmt wie eine rote Ampel leuchtete. „Wie magst du es denn am liebsten?"

Ich schluckte, denn mein Hals war plötzlich ganz trocken. Als ich merkte, dass er mich unverwandt ansah, krächzte ich: „Romantisch!"

„Also liebevolle Küsse in der Natur?"

Ich verstand sofort, was er meinte.

„Liebevolle und auch heiße Küsse in der Natur, aber nur, wenn sie vom richtigen Mann kommen."

„Wäre dieser Ort die von dir gewünschte Kulisse?"

Ich spürte, wie meine Beine schwach wurden. Mühsam riss ich mich zusammen und nickte.

„Wäre ich der Richtige für dich?"

„Oh ja!", gab ich mit vor Aufregung und Lust vibrierender Stimme zurück.

„Darf ich?"

Als ich nickte, beugte er sich zu mir und küsste mich. Zuerst zaghaft, dann liebevoll zärtlich - und mit zunehmender Dauer immer leidenschaftlicher! Mein Penis glühte vor Hitze, und die enge meiner Hose und seine wilden Küsse ließen mich jegliche Scheu überwinden. Voller Inbrunst erwiderte ich seine Küsse! Wir ließen dabei alle Vorsicht fahren und wären fast hingefallen, weil uns die Leidenschaft mit riesigen Wellen überrollte und den Gleichgewichtssinn beeinträchtigte. Am liebsten hätte ich ihm sofort die Kleidung vom Leib gerissen und ihm meine Liebe bewiesen! Mark musste es ebenso gehen, denn auch er hatte den glasigen Blick der Leidenschaft in seinen Augen.

Bevor wir noch etwas Unbedachtes tun konnten, löste er seine Lippen von meinen und keuchte: „ich will dich spüren, deinen Körper ganz dicht an meinen gepresst fühlen!"

„Nichts lieber als das!", gab ich keuchend zurück.

„Deine Küsse schmecken wunderbar! So süß nach großer Liebe!"

„Mark, ich will dich! Bitte nimm mich!"

„Zu gerne! Aber nicht hier draußen, denn es könnten noch mehr Leute auf die Idee kommen, sich die Beine zu vertreten."

„Sag mir, wo wir es machen wollen! Ich komme hin und dann kannst du mit mir machen, was du willst!"

Nun lachte er wieder leise. „Na, du bist mir aber ein ganz schön verdorbenes Früchtchen, Michael!"

„Nein", entgegnete ich matt, „nur grenzenlos in dich verliebt!"

„Das freut mich sehr! Ich glaube nämlich, dass ich mich auch in dich verliebt habe!"

Bei diesen Worten lief mir ein wohliger Schauer den Rücken hinunter.

„Komm, lass uns noch ein paar Schritte gehen und dabei überlegen, wie wir uns von hier loseisen können."

Während er nach meiner Hand griff, bekam ich noch einen Kuss, der so wunderbar nach süßer Liebe schmeckte!

Anfangs schlenderten wir Hand in Hand durch den Park, aber nachdem wir immer wieder andere Gäste bemerkt hatten, ließen wir uns los. Zum Glück beachtete uns keiner, denn es waren nur Paare unterwegs, die sich verdächtig schnell entfernten, wenn sie uns bemerkten. Offensichtlich gab es am Rande der Hochzeitsfeier zahlreiche aufflammende Liebeleien.

„Wie wäre es", schlug Mark plötzlich vor, „wenn wir zu mir fahren würden? Dort würde uns niemand stören."

„Das wäre wunderbar!", hauchte ich verzückt.

„Bist du mit dem Auto da oder soll ich dich mitnehmen?"

„Mein Wagen steht auf dem Parkplatz. Alkohol habe ich auch keinen getrunken, gerade weil ich ja noch fahren muss. Das wäre also kein Problem."

„Prima! Dann gebe ich dir die Adresse und…"

Weiter kam er nicht, denn wir gingen gerade an einer von einem Busch weitestgehend verdeckten Bank vorüber. Im letzten Moment erkannten wir darauf zwei Personen, die sich wild und hemmungslos küssten. Gerade als wir diskret einen Bogen um das Paar schlagen wollten, blickte eine der beiden Personen auf.

„Micha?", kam es entsetzt von der Bank.

Es dauerte etwas, aber dann erkannte ich Birgit! Sofort rutschte mir mein Herz in die Hose, denn bei einem nächtlichen Spaziergang im Park mit einem Mann in vertrautem Gespräch gesehen zu werden, würde die Gerüchteküche befeuern und mit Sicherheit neue, heftige Spekulationen über meine Sexualität auslösen. Nur das die Gerüchteküche dieses Mal in die richtige Richtung zielen würde!

Nun löste sich auch die andere Person auf der Bank aus ihrer Schockstarre. Dabei konnte ich aus den Augenwinkeln erkennen, dass es - eine Frau war!

Trotz der Dunkelheit musste Birgit meine erstaunten Gesichtszüge erkannt haben. Sofort dämmerte es ihr, dass sie zum Gesprächsthema Nummer Eins im Büro werden würde, wenn ich etwas verlauten lassen würde.

„Äh – Micha, du – du wirst doch – niemandem hiervon erzählen, oder?" Ihre Stimme schwankte zwischen Hoffen und Bangen.

Ich war zu perplex, um darauf antworten zu können. Kollegin Birgit küsste eine Frau – ich hatte mir nie Gedanken über ihre Sexualität gemacht, zumal für alle anderen feststand, dass sie hetero war.

„Ich – äh – ich…", stammelte ich sprachlos.

„Bitte!"

„Aber – was bedeutet das?"

Birgit sah mich zweifelnd an: „Was das bedeutet? Dass ich lesbisch bin! Das bedeutet es! Aber das darf niemand im Büro erfahren, hörst du? Versprich mir, dass du es niemandem sagen wirst! Bitte!!!" Ein flehender Blick traf mich.

„Was – äh – ich - äh…", stammelte ich weiter.

Mark rettete die Situation, indem er mich spontan an sich zog und innig küsste.

Als er mich wieder losließ, wanderten meine vor Schreck geweiteten Augen von Mark zu Birgit.

Meiner Kollegin stand die Überraschung ins Gesicht geschrieben.

„Michael, du – du bist...“

„Ja“, nickte Mark, „er ist schwul und ich bin es auch. Von mir weiß es jeder, von Michael nicht – so, wie keiner weiß, dass du lesbisch bist. Übrigens“, jetzt wandte er sich an die andere Frau auf der Bank, die zugleich überrascht und entgeistert von einem zum anderen schaute, „ich bin Mark.“

„Ha – hallo, ich - bin Mandy.“

„Lesbisch?“

Verlegen nickte die junge Frau.

„Geoutet?“

Entsetzt schüttelte sie den Kopf.

Also weiß jetzt jeder etwas über den anderen, was dieser weiterhin als Geheimnis bewahrt sehen möchte. Ist doch eine perfekte Situation – so wird niemand etwas erzählen. Oder?“

Sein jetzt strenger Blick musterte jeden einzelnen von uns.

Da sich alle in Schweigen hüllten, wiederholte er seine Frage: „Oder?“

Jetzt kam Bewegung in uns Drei. Gleichzeitig nickten wir.

„Gut, dann wäre das doch geklärt."

Er fasste demonstrativ nach meiner Hand und wir wandten uns zum Gehen. Plötzlich drehte sich Mark zu den beiden Frauen um: „Michael und ich wollten gerade von hier verschwinden, um etwas Privatsphäre zu haben. Meine Wohnung ist groß genug – also kommt doch einfach mit, dann amüsieren wir uns in zwei getrennten Zimmern. Hier ist es für Heimlichkeiten nicht sicher, wie wir ja gerade festgestellt haben. Also, was meint ihr?"

Als erstes fand Mandy ihre Sprache wieder: „Das – das wäre wunderbar!" Dann wandte sie sich an Birgit: „Meinst du nicht auch, Liebling?"

„Na ja, ich weiß nicht – wenn wir plötzlich weg sind, wird am Montag die Gerüchteküche brodeln."

„Perfekt!", durchzuckte es mich, „Rainer und Sven wollten uns beide doch sowieso verkuppeln – wenn wir plötzlich von der Hochzeit verschwunden sind, werden sie feixen und nicht ahnen, dass sie in die falsche Richtung denken!"

„Stimmt, das ist richtig!" Birgits Gesicht hellte sich merklich auf.

Jetzt ließ sich Mark vernehmen: „Meine Familie wird froh sein, wenn ich weg bin. Außerdem rechnen sie sowieso fest damit, dass ich mich vorzeitig zurückziehen werde. Was ist mit dir?" Dabei sah er Mandy an.

„Ich bin zwar mit zwei Freundinnen hier, aber wir haben uns ein Taxi geteilt. Zurück wollte sich dann jede ein eigenes Taxi rufen –sofern sich keine andere Mitfahrgelegenheit ergibt."

„Gut, also haben wir vier Leute und drei Wagen. Michael, Birgit – ihr werdet jeweils mit eurem eigenen Wagen fahren. Ich nehme Mandy mit. Bei mir wird niemand vermuten, dass ich mit ihr etwas anfangen werde, also wäre das unverdächtig. Einverstanden?"

Nach einem Moment des Zögerns stimmten alle zu.

„Also dann: Auf geht's!"

Er gab Birgit und mir seine Adresse und beschrieb grob den Weg. Danach machten wir uns auf den Weg, ohne uns von den anderen und insbesondere vom Brautpaar zu verabschieden. Das war zwar sehr unhöflich, aber hätten wir uns alle zeitnah verabschiedet, wäre das zu auffällig gewesen. Mit dem heimlichen Verschwinden ersparten wir uns viele Fragen – außerdem war es ohnehin fraglich, ob man uns angesichts der vielen Hochzeitsgäste so schnell vermissen würde. Wenn überhaupt, denn der Alkohol floss ja in Strömen, sodass nicht anzunehmen war, dass sich überhaupt jemand daran erinnern würde, ob wir uns verabschiedet hatten oder nicht.

Ein Vierer zu zweit

Die von Mark genannte Adresse war leicht zu finden. Sogar Parkplätze gab es in ausreichender Zahl, was heutzutage nicht selbstverständlich war.

Zwar konnte ich Birgits Auto nirgendwo sehen, aber auf einem der Parkplätze für die Bewohner des Mehrparteienhauses stand der Wagen von Mark – also waren er und Mandy bereits im Haus.

Dann stand ich vor der Haustür und drückte den Klingelknopf. Der Klang war noch nicht verhallt, als bereits der Türsummer ertönte. Rasch trat ich ein und nahm den Fahrstuhl in den dritten Stock. Normalerweise hätte ich die Treppe genommen, aber da ich auf einen lustvollen Abend hoffte, wollte ich nicht atemlos vor der Wohnungstür stehen.

Als ich aus dem Fahrstuhl trat, befand ich mich in einem geräumigen und hell erleuchteten Flur. Marks Wohnung lag schräg gegenüber vom Fahrstuhl und war nicht zu verfehlen.

Vor der Wohnungstür vergewisserte ich mich kurz, dass ich ordentlich aussah. Dann betätigte ich die Klingel. Der Klingelton war noch nicht verhallt, als die Tür bereits geöffnet wurde.

„Hallo Michael", begrüßte mich ein gut gelaunter Mark, „komm rein! Mit dir sind wir vollzählig."

Als ich eintrat, fuhren Birgit und Mandy rasch auseinander. Offensichtlich hatten sie sich gerade intensiv geküsst.

Ich konnte gerade ein „Hallo!" in die Runde werfen, als Mark mir ein gut gefülltes Sektglas hinhielt.

„Also dann", rief er frohgemut, „auf eine wunderschöne Zeit!"

Wir prosteten uns gegenseitig zu.

Gleich darauf fuhr Mark fort: „Nur zwei kleine Regeln: Erstens: Da nicht alle von uns geoutet sind, bleibt alles, was in dieser Wohnung passiert, unser Geheimnis. Niemand wird jemals irgendetwas davon ausplaudern. Einverstanden?"

Alle nickten.

„Gut, dann kommen wir zur zweiten Regel: Erlaubt ist alles, was Spaß macht - und der Partner", jetzt warf er einen Blick zu Birgit und Mandy, „auch mitmachen möchte. Meine Nachbarn wissen, dass ich schwul bin, aber nicht jedem gefällt das. Ich möchte also keinen Ärger oder Polizeieinsatz bei mir haben. Einverstanden?"

„Einverstanden!", riefen wir im Chor.

„Na, dann mal los!"

Bei diesen Worten zog er mich dicht an sich heran. Im nächsten Augenblick pressten sich seine warmen, weichen Lippen auf meinen Mund. Bereitwillig erwiderte ich den Kuss, der rasch intensiver wurde. Als ich Marks Zunge an meinem Mund spürte, öffnete ich ihn nur zu gerne. Sekundenbruchteile später umspielten sich unsere Zungen, was uns beide mächtig aufheizte.

Noch während unseres Zungenkusses spürte ich plötzlich, wie Marks Hände mein Hemd öffneten. Die Krawatte hatte ich schon im Auto abgemacht, sodass er nun leichtes Spiel hatte.

Für einen Moment lösten sich unsere Lippen voneinander. „Komm, zieh das Ding aus! Ich will deine nackte Haut spüren", flüsterte er mir verheißungsvoll zu.

Sofort zog ich das Hemd aus und warf es achtlos auf den Boden. Gleich darauf folgte das Unterhemd.

Mark hatte es mir gleichgetan und stand nun mit blankem Oberkörper vor mir. Bewundernd strich mein Blick über seinen durchtrainierten Leib. Besonders die Brustmuskulatur war bemerkenswert!

Lange konnte ich mich aber nicht an seinem Anblick ergötzen, denn schon klebten unsere Lippen erneut aufeinander. und vereinigten sich in einem weiteren wilden Zungenkuss.

„Komm, zieh dich ganz aus!", keuchte er schließlich.

Nur ungern ließ ich von seinen Lippen ab, aber da sein Wunsch noch größere Freuden verhieß, beeilte ich mich, Hose und Shorts nebst Socken abzustreifen. Nun stand ich splitternackt vor Mark – der ebenfalls im Adamskostüm vor mir stand.

Lächelnd ergriff er eine Hand und ließ mich wie beim Tanzen um die eigene Achse drehen. Natürlich tat ich ihm diesen Gefallen nur zu gerne - und hoffte, dass ihm mein Anblick gefallen würde.

„Du bist nicht nur süß, sondern auch eine Augenweide", raunte er mir zu.

„Da – danke", stammelte ich.

„Komm her!"

Damit zog er mich zu einem Sessel, auf dem er Platz nahm. Dann stellte er seine Beine auseinander. Es war ganz offensichtlich, was er sich von mir wünschte.

Plötzlich hatte ich jedoch ein mulmiges Gefühl. Rasch warf ich einen verschämten Blick hinüber zu Birgit und Mandy. Immerhin waren Birgit und ich Kollegen und waren uns bislang nur bekleidet begegnet. Nun aber war ich nackt und kniete zudem zwischen den Beinen eines Mannes, dessen Glied ich gleich lutschen würde. Auch wenn sie, wie ich seit heute wusste, lesbisch war, hatte ich keine Ahnung, wie ihre Reaktion ausfallen würde.

Als die beiden Frauen jedoch in mein Blickfeld kamen, waren beide nackt. Mandy lag rücklings auf dem mit einem weichen Teppich bedeckten Boden, während Birgit auf ihrem Gesicht saß. Es war ganz offensichtlich, dass sie sich verwöhnen ließ!

Für einen kurzen Moment trafen sich unsere Blicke. Birgits Mundwinkel zeigten ein verzücktes Lächeln, also machte Mandy ihre Sache offensichtlich gut. Meine Kollegin zwinkerte mir ganz kurz verschwörerisch zu, bevor sie sich wieder vollständig ihrer Lust hingab.

Ihr Zwinkern ließ alle Hemmungen von mir abfallen! Von dieser Sekunde an spürte ich, wie sehr ich den Liebesakt in den letzten Wochen vermisst hatte! Aber nun würde ich alles nachholen – ich wollte wilden, hemmungslosen Sex!

Damit konnte ich sofort starten, denn immerhin befand ich mich ja schon zwischen Marks Beinen. Beseelt von meiner unbändigen Lust packte ich mit einer Hand seinen Juwelenbeutel und mit der anderen Hand den Schaft seines harten Gliedes. Während ich seine Hoden massierte, züngelte ich an seinem Penis. Ein leises Stöhnen signalisierte mir, dass es Mark gefiel. Ich hatte sogar den Eindruck, dass sein Glied tatsächlich noch etwas wuchs.

Nachdem ich seinen Schwengel ausgiebig geleckt hatte, widmete ich mich seinen Hoden. Ich küsste sie mal zärtlich, mal etwas stürmischer. Zwischendurch erforschte meine Zunge jeden Millimeter an dieser empfindlichen Stelle.

„Oh, das ist – gut", drang seine Stimme an mein Ohr, „du machst mich so geil, so unglaublich geil!".

Meine Hand, die währenddessen seinen Schaft mit sanften Bewegungen gestreichelt hatte, fühlte sich plötzlich etwas feucht an. Stand er etwa kurz davor, zu kommen?

Sofort ließ ich von seinen Hoden ab und widmete mich seiner Eichel. Schon schmeckte ich ein paar feuchte, klebrige Tropfen, die ich voller Wonne abschleckte. Sofort steigerte sich sein Keuchen zu einem lustvollen Stöhnen. Ich hatte den Eindruck, dass er nicht mehr lange durchhalten würde, weshalb ich meinen Mund über sein Glied stülpte und versuchte, es so tief wie möglich aufzunehmen. Leider war Mark sehr gut bestückt, sodass ich nicht sein ganzes Glied aufnehmen konnte. Also nahm ich so viel auf, wie ich konnte. Dann begann ich mit dem Blasen, während ich mit einer Hand seine Hoden massierte.

„Micha, es kommt – kommt mir gleich!"

Sofort stellte ich die Massage seiner Juwelen ein und verlangsamte zudem das Lutschen seines Gliedes. Dadurch wollte ich seinen Orgasmus verzögern, damit er später umso intensiver sein würde.

Sofort protestierte Mark! „Nicht aufhören, mach weiter!", bettelte er mit belegter Stimme.

Ich ließ mir aber Zeit! Erst als nach einer gefühlten Ewigkeit die Härte seines Gliedes nachzulassen schien, nahm ich meine Tätigkeit wieder auf. Sofort war deutlich zu spüren, wie seine Erektion zur vollen Stärke zurückkehrte!

Eigentlich wollte ich den Akt noch ein weiteres Mal verzögern, aber Mark legte plötzlich eine Hand hinter meinen Kopf und drückte ihn gegen seinen Unterleib. Nun konnte ich mein kleines

Spiel nicht mehr wiederholen, also trieb ich ihn zum Höhepunkt.

„Es -es kommt mir!", schrie er plötzlich. Gleichzeitig gab seine Hand meinen Kopf frei. Offensichtlich wollte er mir die Möglichkeit geben, sein Glied aus dem Mund zu nehmen. Aber da hatte er sich verrechnet – sein Penis blieb in meinem Mund, bis er sich vollständig in mir entladen hatte!

Offensichtlich lag sein letzter Sex ebenso lange wie bei mir zurück, denn er verströmte eine gewaltige Menge an Sperma! Obwohl ich kräftig schluckte, lief einiges aus meinen Mundwinkeln und tropfte auf meine Brust und meine Beine. Sein Nektar schmeckte köstlich! Als seine Quelle versiegte, leckte ich mir über die Mundwinkel und wischte mir mit den Fingern den Samen von meinem Körper, bevor ich die Finger genüsslich ableckte.

„Wow, das war wunderbar!", ließ sich Mark mit gepresster Stimme vernehmen.

„Dein Saft schmeckt köstlich!", erwiderte ich.

„Das freut mich! Jetzt bin ich gespannt, wie dein Geilschleim schmeckt!"

Er erhob sich aus dem Sessel und zog mich aus der knienden Stellung auf die Beine. Als wir standen, zog er mich an sich, bis sich unsere Körper gegeneinander pressten. Während wir in einem intensiven Zungenkuss verschmolzen, packte er mit beiden Händen meine Pobacken und knetete sie heftig durch.

Schließlich ließ er von mir ab

„Komm, mein geiler Hengst, jetzt werde ich mich bei dir revanchieren, dass dir Hören und Sehen vergeht!".

Er gab mir einen Klaps auf den Po, bevor er meine Hand ergriff und mich zu einer Tür zog. Wie ich richtig vermutete, befand sich dahinter das Schlafzimmer.

Bevor wir dort eintraten, schaute ich mich suchend im Wohnzimmer um. Von Birgit und Mandy war nichts zu sehen, aber aus einem anderen Zimmer ertönten laute Lustschreie.

Im nächsten Moment stand ich in einem gemütlichen Schlafzimmer, in dessen Mitte ein großes Bett stand. Zu diesem zog mich Mark.

„Bist du bereit?"

Ich nickte kräftig.

Im nächsten Augenblick lagen wir auf dem Bett Sofort fiel Mark über mich her und züngelte an meinem Glied! Es war wunderbar!

Später verwöhnten wir uns nach allen Regeln der Kunst! Jede Körperöffnung wurde liebevoll mit Glied, Fingern und Zunge verwöhnt – es wurde eine unvergessliche Nacht!

Büroklatsch

Nach der unvergleichlichen Nacht in Marks Wohnung begegneten wir Birgit und Mandy am anderen Morgen wieder. Beide sahen abgekämpft und müde aus – also genau wie Mark und ich. Bevor aber eine peinliche Situation entstehen konnte, brach Mark das Eis.

„Leute, das war eine unglaublich tolle Nacht, oder?"

Wir anderen drei nickten und strahlten um die Wette.

„Dann lasst uns doch hier zusammenbleiben und weiter Spaß haben, bevor am Montag wieder die Arbeit rufen wird!"

Sofort war jegliche Verlegenheit wie weggeblasen. In Sekundenschnelle waren die beiden Frauen wieder nackt und in einer heißen Umarmung verschmolzen. Da sich Mark und ich nicht erst die Mühe des Anziehens gemacht hatten, klebten unsere Hände etwas rascher am Körper des anderen. Aus einer unvergleichlichen Nacht wurde ein unglaubliches Wochenende voll purer Lust und Ekstase.

Leider stand dann viel schneller als uns allen lieb war der Montag vor der Tür. Birgit und Mandy verabschiedeten sich ein paar Stunden früher als ich von Mark, da sie zu sich nach Hause und umziehen wollten. Ich dagegen konnte mich nicht von Mark losreißen.

Schließlich aber meinte er mit einem frechen Grinsen: „Du solltest auch in deine Wohnung fahren und dich umziehen – in den Hochzeitssachen solltest du nämlich besser nicht im Büro aufkreuzen!"

Natürlich hatte er Recht, aber mir fiel der Abschied schwer. Wie würde es mit uns weitergehen?

Mark schien meine Gedanken erraten zu haben: „Du fährst jetzt nach Hause, ziehst dich um und überstehst den Arbeitstag. Dann fährst du zu dir, packst ein paar Sachen zum Wechseln ein und kommst wieder her. Natürlich nur, wenn du magst!"

Natürlich wollte ich!

„Ich darf wiederkommen?", fragte ich hoffnungsfroh.

„Aber ja – wir sind doch schließlich ein Paar, oder?"

Vor lauter Freude flog ich an seinen Hals und küsste ihn innig!

„He, alles gut!", lachte er, „Aber jetzt musst du dich beeilen, um nicht zu spät zur Arbeit zu kommen!"

Der Abschied fiel mir schwer, aber die Aussicht, ihn in ein paar Stunden wiederzusehen, machte es mir leichter.

Nach einem Blick auf die Uhr raste ich in Windeseile in meine Wohnung und sprang in neue Klamotten. Danach raste ich weiter zur Arbeit.

Wie zu befürchten war, kam ich als Letzter im Büro an. Schon auf dem Gang begegneten mir zwei Kolleginnen, die kurz tuschelten und dann kicherten. Dabei vergaßen sie sogar, meinen Morgengruß zu erwidern.

Kaum hatte ich mich an meinen Schreibtisch gesetzt, standen auch schon Rainer und Sven in meinem Büro.

„Hallo Micha", grinste mich Rainer an, „wie hast du die Hochzeit gefunden?"

„Sie war sehr schön", erwiderte ich vorsichtig.

„Und die Nacht?"

„Was meinst du?"

„Hast du eine hübsche Wärmflasche gehabt?"

„Eine Wärmflasche?", fragte ich verwirrt, „Wir haben Sommer, wer braucht da schon so etwas?"

„Die beiden lachten schallend auf.

„Lass es mich anders fragen? Hast du einen süßen Betthasen gehabt?"

Sofort schrillten bei mir sämtliche Alarmglocken! Was konnten die beiden wissen? Hatte mich jemand mit Mark im Park gesehen?

Mein nachdenkliches Schweigen werteten die beiden wohl als Zustimmung.

„Also doch! Du und Birgit habt gevögelt!" Triumph lag in Rainers Stimme, während Sven schmierig grinste.

Rainer näherte sich mir verschwörerisch: „War sie gut im Bett? Hast du es ihr ordentlich besorgt?"

Ich spürte, wie Schamesröte mein Gesicht überzog.

„Wie – wie kommst du denn auf den absurden Gedanken, dass Birgit und ich etwas miteinander gehabt hätten?" Ich wünschte mir eine große Festigkeit in meiner Stimme, aber leider misslang das.

„Na, warum wohl?", grinsten die beiden um die Wette. Dann spielte Rainer seinen Trumpf aus: „Man hat gesehen, wie ihr beide kurz hintereinander vom Parkplatz gerollt seid. Danach hat euch niemand mehr auf der Hochzeitsfeier gesehen. Also: Wart ihr bei Birgit oder bei dir?"

Ein rascher Blick zu den anderen Büros zeigte mir, dass alle Kolleginnen rein zufällig etwas im Nachbarbüro zu erledigen hatten und nebenbei die Ohren gespitzt hielten.

Rainer wurde ungeduldig. „Wo habt ihr euch denn nun amüsiert?"

„Wer sagt dir, dass wir uns zusammen amüsiert haben? Ich habe ja nicht mal mitbekommen, wie Birgit gefahren ist."

„Und warum bist du dann gleich hinter ihr hergefahren?"

„Als ich losgefahren war, ist mir kein anderer Wagen aufgefallen, der auch weg wollte."

„Verstehe!", grinste Rainer und nickte mir verschwörerisch zu. Dann senkte er die Stimme soweit, dass nur Sven und ich ihn noch hören konnten: „Ihr wollt es nicht öffentlich machen, richtig? Zwar seid ihr beide Singles, aber eine Büromaus nagelt man nur zum Vergnügen und will nichts Ernstes, weil man sonst bei der Arbeit ständig unter Kontrolle ist, nicht wahr?"

„Rainer, du redest Unsinn!" Fieberhaft überlegte ich, wie ich dieses für mich sehr unangenehme Gespräch beenden konnte.

„Ja, nee, ist schon klar – aber irgendwann treffen wir uns mal nach der Arbeit, und dann erzählst du uns alle schmutzigen Details, okay?"

„Ja, ja, meinetwegen", erwiderte ich. Wahrscheinlich hätte ich allem zugestimmt, sofern mir der Kollege nicht mehr auf die Nerven gehen würde.

Tatsächlich wendeten er und Sven sich zum Gehen, aber nicht, ohne mir jeder noch einen gehobenen Daumen gezeigt zu haben.

Leider kam in dem Moment gerade Birgit des Weges. Sofort legte Rainer wieder los: „Na, Frau Kollegin, war unser Micha gut im Bett? Warst du mit seiner Leistung zufrieden?"

Birgit sah herüber und rollte demonstrativ mit den Augen. Wahrscheinlich wurde sie von den weiblichen Kollegen ebenso bedrängt wie ich von Rainer und Sven. Offensichtlich war das Liebesleben von Birgit und mir mindestens genauso interessant wie die Hochzeit, von der natürlich auch geschwärmt wurde. Aber wohl nur solange, bis Birgit oder ich aus dem Raum waren. Dann begann bei den Frauen das Getuschel und die beiden männlichen Kollegen zeigten mir verstohlen den erhobenen Daumen.

In den seltenen Momenten, in denen Birgit und ich gemeinsam einen Raum betraten, rief garantiert jemand „Unser Traumpaar ist da!", woraufhin sofort Gekicher folgte.

Noch schlimmer war es, wenn ich an Mark dachte. Dann mussten meine Gesichtszüge ziemlich verklärt gewirkt haben, denn sofort raunte mir jemand zu: „Na, denkst du an deine Süße?". Langsam wurde es wirklich lästig.

Ich war heilfroh, als der Arbeitstag endlich zu Ende war. So schnell wie möglich verließ ich das Büro. Beim Hinausgehen hörte ich noch jemanden sagen: „Na, der hat es aber eilig – will er so schnell zu seiner Birgit?"

Wie in Trance fuhr ich zu meiner Wohnung. Der Tag war ein einziger Albtraum gewesen. Nur die Aussicht, den Abend mit Mark verbringen zu können, hellte meine Stimmung etwas auf.

Rasch packte ich ein paar Sachen zusammen und machte mich auf den Weg. Obwohl die Strecke noch relativ neu für mich war, fand ich ohne Probleme hin.

Nach dem Klingeln ertönte rasch der Türsummer und ich eilte zu seiner Wohnung. Mark erwartete mich bereits in der geöffneten Wohnungstür und lächelte mich glücklich an.

Kaum war die Tür ins Schloss gefallen, klebten schon unsere Lippen aufeinander. Unsere Hände fuhren über die Körper, und so dauerte es nicht lange, bis wir uns die Kleidung vom Leib rissen und es gleich im Wohnzimmer trieben.

Als unsere Lust gestillt war, fragte Mark nach meinem Arbeitstag. Ich berichtete von den Ereignissen und machte aus meinem Ärger keinen Hehl.

„Das wird schon", versuchte mich Mark zu beruhigen, „in ein paar Tagen ist das Schnee von gestern und sie haben ein neues Thema!"

„Da kennst du aber Rainer und Sven schlecht – die beiden werden erst lockerlassen, wenn sie eine schmutzige Geschichte gehört haben. Eine Geschichte, die sie mir dann bis zu meiner Rente vorhalten werden!"

„Dann liefert ihnen doch, was sie wollen!"

„Ich verstehe nicht, was du meinst."

„Das ist doch ganz einfach: Sie glauben, dass du und Birgit Sex hattet und vielleicht sogar ein Paar seid. Solange ihr das leugnet, werden sie weitermachen und euch nerven. Also spielt ein Paar, küsst euch vor ihren Augen und erzählt eine schöne Sexgeschichte über die Nacht. Du glaubst gar nicht, wie schnell sie dann das Interesse verlieren!"

„Aber – ich liebe dich, nicht Birgt! Zudem ist sie eine Frau, und… Na ja, du weißt schon!"

„Wenn du vor deinen Kollegen Ruhe haben willst, musst du eben das Opfer bringen und eine Frau küssen und anfassen."

„Das klang zwar alles logisch, aber es überzeugte mich nicht. „Birgit würde eine solche Farce nie mitmachen!", wandte ich ein.

„Fragen wir sie doch einfach."

„Was? Du willst…"

„Sie anrufen – ja, genau das mache ich jetzt."

„Ich habe ihre Nummer nicht."

„Natürlich hast du sie – wir haben doch beim Abschied unsere Nummern getauscht!"

Das hatte ich tatsächlich vergessen. Wahrscheinlich, weil mir die Telefonnummern von Birgit und Mandy nicht wichtig waren, ganz im Gegensatz zu der von Mark – die konnte ich inzwischen sogar auswendig!

Im nächsten Augenblick bemerkte ich, wie Mark in sein Telefon sprach. Er schien tatsächlich mit Birgit zu sprechen, denn gerade schlug er vor, dass wir ein total verliebtes Paar spielen sollten.

Am liebsten wäre ich vor Scham im Boden versunken!

Plötzlich hielt mir Mark das Telefon hin. „Sie will mit dir sprechen!"

Zögernd nahm ich das Gerät und sprach ein leises „Hallo" hinein.

„Hallo Michael", klang Birgits Stimme an mein Ohr, „du kennst Marks Plan?"

„Ja, und ich finde ihn…"

Sofort wurde ich unterbrochen: „Er ist genial, nicht wahr?"

„Wer? Mark?"

„Ja, der auch, aber vor allem sein Plan! Wir werden denen im Büro das verliebteste Paar vorspielen, dass sie sich nur vorstellen können!"

„Aber – ich stehe auf Männer!"

„Und ich auf Frauen – aber um den Trotteln im Büro eine Lehre zu erteilen, küsse ich sogar einen Mann und lasse mich auch in aller Öffentlichkeit an den Po fassen!"

„Aber – was wird Mandy dazu sagen? Oder seid ihr auseinander?"

„Dummerchen! Natürlich sind wir noch zusammen! Sie kniet gerade vor mir und kann nicht sprechen, du verstehst?"

„So genau will ich das nicht wissen!", wehrte ich schnell ab.

„Ich habe mein Telefon auf laut gestellt. Sie weiß also, worum es geht. Gerade signalisiert sie mir ihre Zustimmung!"

Verdammt, damit hatte ich nicht gerechnet. Während der nächsten halben Stunde versuchte ich, den Plan zu verhindern. Leider waren sich Birgit und Mark einige, dass er genial sei – und selbst Mandy versuchte, mich zum Mitmachen zu überreden.

Irgendwann sah ich ein, dass ich auf verlorenem Posten stand. Da ich noch ein paar schöne Stunden mit Mark verbringen wollte, stimmte ich schließlich zähneknirschend zu. Was blieb mir auch anderes übrig?

Am nächsten Morgen setzten wir den Plan in die Tat um. Kaum im Büro angekommen, ging ich zu Birgit und küsste sie intensiv auf den Mund. Das war zwar nicht so schön wie das Küssen von Marks samtweichen Lippen, aber es musste sein.

„Danke für die schöne Nacht!", hauchte Birgit mit lasziver Stimme.

Waren sämtliche Kolleginnen und Kollegen sprachlos wegen des Begrüßungskusses, kam jetzt Bewegung in sie. Sofort bestürmten sie uns mit Fragen, allen voran natürlich Rainer und Sven.

„Ach", erklärte Birgit frohgemut, „warum sollen wir es leugnen? Wie haben die Nacht der Hochzeitsfeier bei mir verbracht! Micha war eine absolute Granate im Bett, es war einfach herrlich!"

während der nächsten halben Stunde dachte keiner an die Arbeit, denn Birgit schwärmte von der ‚Beziehung' mit mir in höchsten Tönen. Das Ganze war mir sehr peinlich, aber irgendwann ließ ich mich anstecken und beantwortete die an mich gerichteten Fragen bezüglich Birgit ebenso enthusiastisch.

„Wahnsinn, Alter", rief Rainer und haute mir vor Begeisterung auf die Schulter, „das hätte ich dir gar nicht zugetraut!"

„Stille Wasser sind tief, und unser Micha ist ein echter Zuchthengst!", stimmte Sven in den Begeisterungssturm ein.

Endlich ließ man mich und Birgit und Ruhe. Sie schenkte mir ein verschwörerisches Lächeln und hob kurz einen Daumen.

Während des restlichen Vormittags wurde wenig gearbeitet, aber dafür umso intensiver die ‚Beziehung' von uns beiden diskutiert. Natürlich hatte es jeder schon immer gewusst, dass es mal so weit kommen würde. Man hörte Sätze wie "Die Chemie zwischen den beiden hat schon immer gestimmt", und natürlich hatte jeder irgendwann Anzeichen der Verliebtheit bei uns entdeckt. Die Gerüchteküche brodelte, und irgendwann war man der Meinung, dass Birgit und ich schon länger etwas miteinander hätten und erst jetzt öffentlich dazu stehen würden. Ich hielt meinen Mund und hoffte, dass Mark Recht behalten und man sich rasch ein neues Thema suchen würde.

Den Rest der Woche spielten wir weiterhin das verliebte Paar, ließen aber mit der Intensität etwas nach.

„Wenn ich dich küsse, denke ich an Mandy, dann geht es leichter", offenbarte mir Birgit.

„Ich denke dabei an Mark", gestand ich. „Wie lange müssen wir das Spiel noch durchziehen?"

„Ich denke, dass sie sich spätestens in der nächsten Woche ein neues Thema suchen werden – unsere ‚Beziehung' ist dann selbstverständlich und deshalb eher langweilig."

„Wir könnten uns im Zorn trennen", schlug ich vor.

„Nein, dann wollen sie uns nur wieder verkuppeln und wir müssten eine getrübte Arbeitsatmosphäre spielen. Nein, wir lassen es langsam ausklingen, dann merken sie es nicht gleich."

Mir war nicht ganz wohl bei dem Gedanken, das Spiel noch länger aufrechterhalten zu müssen, aber wir hatten wohl wirklich keine andere Wahl.

Immerhin fand ich abends Trost in Marks Armen! Er war besonders liebevoll und zärtlich, denn er wusste, welche Überwindung mich die Liebkosungen von Birgit kosteten.

„Ihr könntet euch auch outen und zu eurer Sexualität stehen", meinte er.

„Das – das gibt doch nur Probleme, vor allem im Kollegenkreis!"

„Dann also bis auf weiteres Augen zu und Birgit öffentlich küssen"

Mir lief ein Schauer über den Rücken!

Endlich wieder eine Beziehung

Wie vorhergesagt erlahmte das Interesse der Kollegenschar an der angeblichen Beziehung von Birgit und mir mit jedem Tag mehr. Sogar Rainer und Sven ließen mich unbehelligt – vor allem, nachdem sie mir von einer scharfen Braut in einer anderen Abteilung berichtet hatten und von Birgit zusammengestaucht worden waren. Immerhin war sie offiziell meine Freundin, und da duldete sie keine Hinweise auf andere Frauen. Beim Verlassen des Büros zwinkerte sie mir zu und ich lächelte dankbar zurück.

Es schien auch niemandem aufzufallen, dass die ‚Zärtlichkeiten' zwischen Birgit und mir immer weiter abnahmen. Vielleicht fiel das aber auch nicht weiter auf, weil wir öfter beinahe zu spät zur Arbeit kamen und etwas fahrig wirkten. Ob Birgit an solchen Tagen eine heiße Liebesnacht mit Mandy gehabt hatte, konnte ich nur vermuten, aber bei mir lag es definitiv an intensiven Liebesspielen mit Mark! Wir verwöhnten uns gegenseitig auf vielfältige Weise und vergaßen darüber nicht selten, dass am nächsten Tag ein Arbeitstag warten würde!

Immerhin hatte ich bereits sehr viel Kleidung in seiner Wohnung, sodass ich nur noch selten in meiner eigenen Wohnung war. Es fühlte sich sehr gut an!

Auch der Alltag verlief reibungslos. Oftmals ist es ja so, dass nach der ersten Verliebtheit das tägliche Einerlei folgt und die Liebe auf eine harte Probe stellt. Bei Mark und mir gab es diese Gefahr nicht – im Gegenteil, wir harmonierten auf eine schon beängstigende Art und Weise.

„Warum habe ich dich bloß nicht schon früher kennengelernt?", fragte er mich einmal mehr und küsste zärtlich meinen Nacken.

„Schon verrückt, da wohnt man jahrelang in der gleichen Stadt, besucht die gleichen Orte und trifft sich dennoch nicht."

„Ja, da musste erst meine Schwester heiraten, damit wir uns treffen konnten"

„Das ist verrückt!"

„Allerdings! Übrigens: Lara und Bernd wollen mich besuchen kommen."

Beinahe hätte ich mich an meinem Brötchen verschluckt. Während des kurzen Hustenanfalls überlegte ich, was diese Nachricht bedeuten würde.

„Ihre Flitterwochen sind vorbei", redete Mark weiter, „nächste Woche fängt sie wieder im Büro an."

„Mist! Dann erfährt sie von Birgt und mir!"

„Es sei denn..." Er ließ den Satz unvollendet.

„Was?"

„Es sei denn, ich stelle dich als meinen Freund vor!"

Das kam überraschend. Natürlich hatte ich schon öfter darüber nachgedacht, wie es mit uns wohl weitergehen würde, aber ich hatte nie den Mut gehabt, nachzufragen. Jetzt aber brachte er das Thema auf den Tisch mit einem unglaublichen Angebot! Ich wäre dumm, es nicht anzunehmen!

„Also, was sagst du?" Seine Frage war rein rhetorisch, denn das Leuchten meiner Augen verriet meine Gefühle!

„Sehr, sehr gerne!" Dann wurde mir schlagartig bewusst, dass es ein Problem geben würde. „Wird Lara dichthalten?"

Dichthalten? Worüber?"

„Na, über uns! Wenn sie im Büro herumerzählt, dass ich schwul bin..."

„Beruhige dich, Schatz! Du wirst einfach zu deiner Sexualität stehen müssen! Die Frauen im

Büro werden das verstehen, und die beiden Machotypen beruhigen sich mit Sicherheit auch wieder!"

„Ja, das kann sein. Aber was ist mit Birgit?"

„Birgit?"

„Sie und ich haben allen eine Hetero-Beziehung vorgegaukelt, um unsere Ruhe zu haben. Wenn ich mich jetzt als schwul oute, steht sie ziemlich dumm da! Vergiss nicht, dass sie meine sexuelle Leistung in den höchsten Tönen gelobt hat! Das Ganze war eine absolute Schnapsidee und wird uns und vor allem ihr ganz gewaltig auf die Füße fallen!"

„Dann sollten wir unbedingt mit Birgit reden!"

„Und mit Mandy, denn die ist ja auch betroffen."

„Weiß man bei euch im Büro von Mandy?"

„Nein, aber wenn man Birgit hänseln wird, weil sie es sich von einem Schwulen hat besorgen lassen, wird sie nicht besonders entzückt sein! Was, wenn sie sich wegen Mandy verhaspelt?"

„Mist! Aber du hast Recht, sie steckt da auch mit drin. Also müssen wir mit beiden reden – und zwar so schnell wie möglich!"

Krisengespräch

Sofort griff Mark zum Telefon. Schon nach dem dritten Klingeln war Birgit in der Leitung. Mark stellte das Telefon laut, sodass ich mithören konnte

„Hallo Birgit, wir müssen reden!", begann er. Dann berichtete er ihr von dem bevorstehenden Besuch seiner Schwester Lara, die ja unsere Kollegin war und in Kürze wieder im Büro sein würde. Er gestand, ihr von seiner Beziehung mit mir erzählen zu wollen.

„Das ist doch aber kein Problem", erwiderte Birgit, „dann erfährt sie eben von eurer Beziehung. Was ist daran so schlimm?"

„Nun, das eigentlich Schlimme ist, dass sie mit euch in der gleichen Abteilung arbeitet. Falls sie oder ihr Mann Bernd sich mal verplappern sollten, würden es eure Kollegen auch erfahren – und das, nachdem Micha und du erst vor Kurzem so getan habt, als wäret ihr ein Paar und hättet ein paar gemeinsame heiße Nächte hinter euch."

Aus dem Hörer kam ein überraschtes „Oh!", danach hatte es ihr offensichtlich die Sprache verschlagen.

„Ja, und da ich euch zu dem Täuschungsmanöver geraten habe, fühle ich mich jetzt richtig mies! Immerhin habe ich euch in diese Situation gebracht!"

Wieder ertönte das „Oh!"

Kleinlaut fragte Mark: „Hast du eine Idee, wie wir das Problem lösen könnten?"

„Wir kommen vorbei!" Damit unterbrach Birgit die Verbindung.

Keine halbe Stunde später stand sie mit Mandy vor der Tür.

„Also", begann Mark, „ wie ich schon sagte..."

„Das wissen wir", wurde er von Birgit unterbrochen, „ich hatte mein Telefon auf ‚Laut' gestellt, sodass Mandy alles mithören konnte."

„Das – das ist gut'", ließ ich mich jetzt vernehmen, „denn Mandy ist ja auch betroffen."

„Okay", begann Mark, „fassen wir zusammen: Wir sind ein schwules und ein lesbisches Paar, von denen kein Außenstehender etwas weiß. Zwei von uns haben den Arbeitskollegen eine Heterobeziehung vorgespielt. Das war zwar zweifelsfrei eine Notlüge, aber diese droht jetzt aufzufliegen. Soweit ist alles klar. Nur – wie kommen wir alle aus der Nummer wieder raus? Ich fürchte, dass euch gerade von den beiden männlichen

Kollegen Rainer und Sven jede Menge Häme droht."

„Unterschätz die Frauen nicht, die können auch sehr gut austeilen!", warf Birgit ein.

„Tja, und nun?" Ratlos schaute ich von einem zum anderen.

Lange Augenblicke starrte jeder vor sich hin. Dann wurden verschiedene Möglichkeiten durchgespielt, wie man die Beziehung weiter verheimlichen könnte. Letztlich schien alles darauf hinauszulaufen, dass Mark und ich unsere Beziehung vor Lara und ihrem Mann geheim halten würden. Das würde bedeuten, dass ich mich während Laras Besuch bei Mark in meiner Wohnung aufhalten und vorher die privaten Sachen entfernen oder zumindest vor Laras Augen verstecken musste. Da sie meine Oberbekleidung aus dem Büro kannte, würde sie sofort alles durchschauen.

„Aber", wandte Mark sichtlich verlegen ein, „ich möchte endlich eine richtige Beziehung haben und offen dazu stehen! Dazu gehört auch, dass ich Micha meiner Familie vorstelle."

„Dann muss Lara eben schweigen!"

„Ihr Mann Bernd aber auch, denn manchmal gibt es ja Feiern mit den Ehepartnern – und da dann gerne Alkohol fließt, gibt es keine Garantie für seine Verschwiegenheit. Selbst wenn er kein Wort sagen wollte, könnte ihm etwas herausrutschen."

Die nächsten zwanzig Minuten wurde die Wahrscheinlichkeit dieses Szenarios ausführlich diskutiert, ohne dass wir eine Lösung finden konnten. Wir schienen uns im Kreis zu drehen.

„Dann gibt es nur eine Lösung", erklärte Mandy mit fester Stimme, „entweder sind unsere Beziehungen nur oberflächlich, dann sollten wir sie sofort lösen."

„Aber", begehrten Birgit und Mark sofort auf, während ich in eine Art Schockstarre verfiel.

„Oder", fuhr Mandy unbeirrt fort, „wir stehen zueinander und damit zu unserer Sexualität!"

Nun saßen wir drei mit offenen Mündern da.

„Mensch, Leute, wir leben im 21. Jahrhundert! Natürlich gibt es immer noch Idioten, die unsere Lebensweis verachten, aber die große Mehrheit stört sich nicht mehr daran!"

Birgit und ich sahen uns an. Wir dachten beide an Rainer und Sven und fragten uns, wie diese beiden Vorzeigemachos auf eine solche Nachricht reagieren würden. Wobei auch die weiblichen Kollegen nicht erfreut sein dürften, von uns mit der vorgespielten Beziehung getäuscht worden zu sein.

Mandy schien unsere Gedanken zu erraten: „Mit Birgit und Lara wären es zwei Frauen, die gegenhalten könnten. Nur mit diesem Rainer und Sven könnte es Probleme geben, aber die werden sich dann wohl eher gegen Micha richten." Sie fixierte mich mit einem strengen Blick: „Würdest du damit klarkommen?"

Ich dachte kurz nach und ließ dabei meine Gespräche mit den beiden Revue passieren. Dabei wurde mir bewusst, wie oft ich mich von ihnen genervt gefühlt hatte. Ein Wegfall dieser Gespräche wäre also kein Verlust – es würde nur zu einem Problem werden, wenn sie sich irgendwelche Gemeinheiten einfallen lassen und mich mobben würden.

Ich sprach meine Gedanken aus.

„Gegen Mobbing gibt es Gesetze!", erklärte Mandy bestimmt.

„Lara und ich wären dann ja Zeugen und würden dir helfen!", bekräftigte Birgit.

Wir diskutierten noch eine Zeitlang, aber die Entscheidung war gefallen: Wir würden uns alle outen!

Noch am gleichen Abend informierte jeder von uns seine Eltern und Geschwister. Die Reaktionen fielen unterschiedlich aus, aber immerhin hatten sie zumindest bei mir einen positiven Tenor. Damit hatte ich nicht gerechnet!

Das Ende der Geheimniskrämerei

Am nächsten Tag erschienen Lara und Bernd in Marks Wohnung. Angesichts der unerwarteten Neuigkeiten konnten sie es nicht abwarten, uns zu treffen.

Gleich bei der Ankunft fiel Lara ihrem Bruder um den Hals. „Mensch, Ich freue mich so für dich!" Dann umarmte sie auch mich „Für dich freue ich mich auch, Micha!""

„Danke, das ist sehr nett von dir!"

Bernd hieb uns beiden auf die Schulter. „Das ist eine prima Sache mit euch beiden, dann können wir ja demnächst zum Paarabend laden!"

„Einem Abend mit drei Paaren", ergänzte Mark und berichtete von Birgit und Mandy.

„Was denn, die Birgit ist lesbisch? Damit hätte ich nie im Leben gerechnet! Und sie hat jemanden an ihrer Seite? Das ist super!"

Die Freude hielt noch eine Weile an, bevor Mark den Wermutstropfen hineinschüttete: „Wie werden eure Kollegen reagieren?"

Lara lachte laut auf. „Die Frauen werden es super finden, weil Birgit und Micha sehr beliebt sind. Nur –Rainer und Sven wird es die Sprache verschlagen – aber dann halten sie endlich mal ihre viel zu große Klappe!"

„Könnte es ein", wagte ich mich vor, „dass sie mich mobben werden?"

Lara überlegte kurz, bevor sie meinte: „Nein, die beiden spielen zwar immer die Supermachos und nerven damit ganz schön, aber im Grunde sind sie recht nett. Das merkt man, wenn man sie mal einzeln trifft und sich mit ihnen unterhält."

Das beruhigte mich ein wenig, aber eben nicht ganz. Deshalb hatte ich am anderen Morgen ein sehr mulmiges Gefühl auf dem Weg zur Arbeit.

Die Rückkehr von Lara sorgte natürlich für ein großes „Hallo!", aber sie unterbrach rasch die Wiedersehensfreude: „He, Leute, hört mal alle her! Meine Hochzeit ist zwar vorüber, aber vielleicht gibt es demnächst zwei Verlobungsfeiern!"

„Sofort redeten alle wild durcheinander und wollten wissen, wer denn die Glücklichen seien.

Lara zeigte auf Birgit: „Birgit und ihre Freundin Mandy haben eine wunderbare Beziehung! Genau wie unser Micha mit meinem Bruder Mark!"

„Der ist doch schwul", entfuhr es Rainer.

Obwohl die Lautstärke im Raum recht hoch war, hatte Lara seinen Ausruf des Erstaunens gehört. „Hast du damit ein Problem?", fragte sie so laut, dass es jeder hören konnte.

„Wer, ich? Nein, nein!", wehrte er rasch ab.

Nach dieser Ankündigung mussten Birgit und ich viele Hände schütteln. Dann aber standen Lara und ihre Hochzeitsreise im Mittelpunkt des Interesses. Ich zog mich an meinen Schreibtisch zurück, da ich die Geschichten ja schon am Vorabend gehört hatte.

Es dauerte eine knappe Viertelstunde, bis sich Rainer und Sven meinem Tisch näherten. Ich lehnte mich zurück und bereitete mich innerlich auf jede Form von Angriff vor.

„So, du bist also schwul?", begann Rainer vorsichtig.

„Ja, so ist es!" Ich nickte bestätigend.

„Und wir haben dich zu verkuppeln versucht."

„Mit einer Frau", fügte Sven überflüssigerweise hinzu.

Ich nickte.

„Na ja", fuhr Rainer fort, „konnte ja auch keiner ahnen, dass du von der anderen Sorte bist."

Nach diesem Satz breitete sich Stille in meinem Büro aus. Das war ein echter Kontrast zu dem Lärmpegel aus den Nachbarräumen.

Dann gab sich Rainer einen Ruck: „Hoffentlich haben wir dich nicht zu sehr mit unseren Verkupplungsversuchen genervt!"

„Eigentlich schon", gab ich zu, „aber ihr konntet ja nicht wissen, dass ich auf Männer stehe."

„Tja, und wir sind wohl nicht dein Typ, denn uns hast du nicht angebaggert", grinste Sven.

„Nichts für ungut, aber ich ziehe Mark vor."

Die beiden nickten. Wieder breitete sich Stille aus. Ich empfand die Atmosphäre als sehr angespannt.

Plötzlich hielt mir Rainer seine Hand hin: „Nichts für ungut, okay?"

Ich schlug ein. „Kein Problem, alles gut!"

Auch Sven reichte mir seine Hand.

Dann wandten sich die beiden zum Gehen. An der Tür wandte sich Rainer grinsend um: „Bestimmt gibt es noch bessere Männer als Mark - sollen wir dir welche empfehlen?"

„Wehe!", drohte ich ihnen mit erhobenem Zeigefinger.

Dann brachen wir alle in Gelächter aus – meine Befürchtungen hatten sich als unbegründet erwiesen! Mir fiel ein gewaltiger Felsen vom Herzen!

Ebenfalls von Rick Vilain erhältlich:

Gayliebter Sportsfreund
ISBN 978-3-7578-7890-0

Bücher befreundeter Autoren:

Thomas Frohsinn

Küssende Männerherzen
Homosexuelle Liebeslyrik
ISBN 978-3-7519-1481-9

Gerhard Devmann

Meine gesammelten Werke
Essays und Geschichten zum Thema BDSM
ISBN 978-3-7519-3589-0

I. DIGAS

Gleich und Gleich bestraft sich gerne

Spankinggeschichten F/F und M/M

ISBN 978-3-7543-14-73-9

Es tanzt der Gelbe Onkel

Stöckchenreime und Lehrgedichte

für Spankingfreunde

ISBN 978-3-7347 7254-2

Gerd Süßmann

Aus dem Leben eines Adult Babys

Ein Erwachsener mit Windel

ISBN 978-3-7519-2138-1

Wegen Inkontinenz zum Adult Baby

Vom Mann zum erwachsenen Babymädchen

ISBN 978-3-7526-8366-0